Volver

Volver

**por
Laura Muñoz**

Agradecimientos

Gracias a E. León, que siempre aparece con un salvavidas cuando yo me estoy ahogando en un vaso de agua (y en un océano también).

To my "Rocket Man"[1], my "Mutant"[2], my soul mate

...to H.

("and you can tell everybody this is your 'book'
it may be quite simple but now that it's done
I hope you don't mind,
I hope you don't mind that I put down in words
how wonderful life is while you're in the world" [3])

"Si yo hablara todas las lenguas de los hombres y de los ángeles, y me faltara el amor, no sería más que bronce que resuena y campana que toca. Si yo tuviera el don de profecías, conociendo las cosas secretas con toda clase de conocimientos, y tuviera tanta fe como para trasladar los montes, pero me faltara el amor, nada soy... El amor es paciente, servicial y sin envidia. No quiere aparentar ni se hace el importante. No actúa con bajeza, ni busca su propio interés. El amor no se deja llevar por la ira, sino que olvida las ofensas y perdona. Nunca se alegra de algo injusto y siempre le agrada la verdad. El amor disculpa todo; todo lo cree, todo lo espera y todo lo soporta... Ahora tenemos la fe, la esperanza y el amor, los tres. Pero el mayor de los tres es el amor."

I Corintios 13:1-2, 4-7, 13

Esta es una historia de amor. No me importa si suena cursi, "una historia de amor". Es una historia de amor. Si lo cursi le revuelve el estómago y le dan ganas de salir corriendo, cierre inmediatamente el libro, tome la factura y devuélvalo a la librería. Este no es el libro para usted. Por otro lado, si usted interpreta por "historia de amor" una novela a lo Corín Tellado o de esas que llaman "Steamy Romance", este tampoco es el libro que está buscando. Creo. Quizás después de todo sí haya descripciones de muslos ardientes y cuerpos sudorosos, y un sinfín de lágrimas con un final feliz de cuento de hadas, nunca se sabe. Lo del final feliz de cuento de hadas es más una expectativa personal que otra cosa; no sé cómo va a terminar esta historia, sé cómo quisiera que terminara, pero no tengo la certeza de cómo terminará, pues la escribo mientras la voy viviendo. Sé que podría elegir arbitrariamente mi final feliz y listo, como hice ya en otra oportunidad donde más o menos conté esta misma historia y le di el final más rosa y amelcochado que se me pudo ocurrir; fue un final para mí, yo necesitaba darme ese final feliz, regalarme la fantasía de ese final feliz y por eso lo hice, pero lo cierto es que esta historia no ha acabado todavía, y ojalá no acabe nunca, o mejor dicho, ojalá dé los giros que yo he esperado con tanto anhelo por tanto tiempo y entonces ese sea mi punto y final para esta historia, un punto y final que a su vez sería algo así bien trillado como "el primer día del resto de mi vida". Como dije, esta historia puede llegar a ser bastante cursi, pero el amor es así, cursi, es muchas cosas, en realidad, cursi es solo una de ellas, y yo he aprendido a aceptar y a disfrutar sin pena ni vergüenza alguna mi lado cursi.

Algo muy importante que se me estaba quedando por fuera: si usted es de los que está convencido de que el mundo está mal y usted está perfecto, devuelva el libro. Si usted va por la vida emitiendo juicios de valor desde que se levanta hasta que se acuesta, devuelva el libro. Si usted es una de las personas que acabo de nombrar, sé que siente que comienza a odiarme. Devuélvalo, devuélvalo ya, salga en piyamas de su casa si es necesario, maneje en medio de una tormenta de nieve de camino a la librería y regrese este libro a como dé lugar. Finalmente, si usted ha decidido quedarse con mi libro y leerlo, gracias. Espero que obtenga de él algún tipo de beneficio, pequeño, grande, eso es lo de menos, lo que importa es que le beneficie de alguna manera. De todas maneras puede no gustarle, puede pensar que yo estoy loca, que la historia es mala y el relato todavía peor; puede estar completamente en desacuerdo conmigo en todo lo que voy a contar acá, o puede estar de acuerdo solo en algunas cosas, o puede sentirse totalmente identificado con lo que está a punto de leer, y todo eso está bien, de hecho, estoy segura de que una buena parte de quienes lean mi libro me detestarán en algún punto de él, pero eso también está bien, yo no estoy escribiendo esto para gustarle ni para caerle bien, yo quiero pensar que si este libro vino a dar a sus manos y usted lo está leyendo, es porque hay una razón fuerte, que quizás usted todavía ignora pero tengo la certeza de que tarde o temprano le será revelada, para que esto esté sucediendo y para eso no hace falta que yo le caiga bien. Créame que si usted está leyendo hoy este libro, es por algo; las casualidades no existen.

Comenzar siempre es lo más difícil para mí cuando estoy escribiendo. Organizar las ideas, tratar de explicar mi relato de manera coherente, que se entienda. Ni siquiera apunto a "ordenada", me conformo con que se entienda. A veces quisiera poder pintar o saber componer música, no sé, esculpir, algo así. Creo que las artes plásticas son mucho más versátiles a la hora de expresar lo que uno siente y piensa, mucho más que las palabras, sin lugar a dudas, y la música ni se diga. De paso no ayuda que yo sea tan dispersa. Una película. Lo he pensado últimamente, cómo sería escribir el guión de una película, y es que muchas veces lo que estoy tratando de expresar pasa frente a mis ojos como si fuera una película, lo veo tan perfectamente en imágenes que después me cuesta tanto traducir a palabras.

¿Por dónde comenzar esta historia? Vamos a ver: mi primera vida tomó lugar en el antiguo Egipto. Irónicamente, desde mi infancia habían sido las momias y el proceso de momificación en sí lo único que verdaderamente me causaba pánico, mientras que vampiros transilvánicos, collages humanos de ultratumba y demás seres afines me tenían sin el menor cuidado. Recordé aquella noche en que mis hijos y yo veíamos un especial en televisión de videos del recién fallecido Michael Jackson y los tres salieron a toda velocidad de la habitación, incluso mi hijo de doce años, para no ver "Thriller"; Raquel, mi hija, la segunda, sabía que yo había visto ese video infinidad de veces desde su estreno, cuando yo apenas acababa de cumplir cuatro años, de manera que cuando el video se terminó y los llamé de vuelta, me dijo en su inglés sin acento, propio de quien se ha criado en un país anglosajón desde bebé, "Mami, yo creo que cuando tú estabas chiquita eras una niñita muy valiente", haciéndome reír un rato largo. En cierta forma supongo que lo era, nunca me dieron miedo los monstruos ni tuve pesadillas con ese tipo de cosas, nunca temí a la noche ni me daban miedo las sombras, mis primos -todos mayores que yo- lo sabían y por eso me pedían a mí que les buscara agua en la casa de mi abuela cuando ya no quedaban más adultos despiertos y yo era la única en el grupo de los niños que se atrevía a caminar sola por aquel pasillo oscuro que llevaba hasta la cocina, opción mil veces preferible a ir con todos ellos prendados de mis brazos o de la camisa de mi piyama. En cambio mis miedos y mis pesadillas provienen de este mundo, de la crueldad sin límites y de la indolencia que los seres humanos hemos llegado a demostrar en reiteradas ocasiones, no solo a lo largo de la Historia, sino en el día a día: nada más pavoroso que caminar de madrugada por alguna calle de mi hermosa y amada ciudad de los techos rojos. Ningún mito y ninguna leyenda son más abrumadores que ver las noticias de mi país y nada me ha parecido más aterrador que Auschwitz. Esos son mis monstruos, los tiranos de carne y hueso, Hitler, Stalin, Nerón, Calígula, Herodes, Enrique VIII, Saddam Hussein, Chávez, Pinochet, Kim Jong-il, Castro, la lista es larga, tristemente, y también horrores como el Apartheid, el Ku Klux Klan, las corridas de toros, las Cruzadas, los gladiadores y las persecuciones a los primeros cristianos, bueno, esta lista también es larga.

El miedo a las momias no tenía nada que ver con esa imagen arquetípica de película de Halloween de bajo presupuesto, donde una forma humana envuelta en un kilómetro de vendajes que se han ido aflojando y comienzan a deshilacharse, camina con dificultad y sin rumbo fijo con los brazos extendidos, emitiendo sonidos guturales. Mi miedo residía en el verdadero proceso de momificación, en las verdaderas momias, y quizás no era ni siquiera miedo, quizás miedo no es el término adecuado, pero es algo difícil de explicar, aprehensión, posiblemente, ansiedad, una sensación de intranquilidad general que me invadía y aún me invade cuando pienso en todo esto. Cuando yo era niña, en mi país no habían más que cuatro canales de televisión, uno de ellos, el cinco, el canal cultural del Estado, era mi canal favorito y esa única hora de televisión al día que mi mamá nos permitía yo la pasaba viendo programas de la National Geographic, mis preferidos eran los de Jaques Cousteau, que seguramente al igual que prácticamente toda la programación de los otros canales, eran programas que tendrían diez, veinte, incluso treinta años de antigüedad, pero a mí eso me daba perfectamente igual porque yo ni siquiera me había enterado de eso; el punto es que un día en lugar de transmitir mi programa de océanos pasaron uno sobre unas momias, ni siquiera puedo recordar cuáles eran o el nombre del programa, yo lo único que recuerdo es que en un momento me puse blanca como un papel y salí corriendo de la sala de estar con las manos temblorosas y la respiración entrecortada, con una sensación de vértigo que no había experimentado nunca antes, y sin embargo en el fondo y después de esa reacción de rechazo inicial, me había quedado como estupefacta y bastante confundida, porque reconocía que esa aversión no era normal y yo no le encontraba ningún sentido lógico, no encontraba ninguna razón coherente que explicara mi reacción, ni cuando era niña, ni ahora de adulta. Hasta cierto punto, lo que más me perturbaba era la sensación de ladrones de tumbas que me daba el hecho de que estuviéramos violando sarcófagos y perturbando los restos de aquellos hombres y mujeres y las implicaciones de carácter religioso que un hecho como ese tendrían en la vida del más allá para ellos; era complicado porque yo no creía, no creo -quiero decir, de tener la certeza de-, que haga falta preservar el cuerpo ni ser enterrado junto a todo lo material que se posee en esta vida para poder disfrutar la que sigue, pero no se trata de mí ni de lo que yo crea, se trata de esas momias y lo que ellas creían, y ese era mi conflicto moral con que estuviéramos abriendo sus tumbas, revisando, registrando, moviendo y exponiendo. Por supuesto también entiendo el valor cultural y científico que todo esto ha aportado a la humanidad, pero es difícil tomar partido por una u otra postura cuando ambas partes tienen excelentes argumentos a su favor; es el eterno conflicto cuando la ciencia y la cultura universal entran en debate con los valores éticos y morales y la religión, aunque suene cliché. Y no, yo no estaba tan chiquita, creo que tendría unos once años, si no me equivoco, estaba en quinto grado y, además, como dijo Raquel, yo siempre fui una niñita muy valiente y considerando que ya había visto no sé qué versión aclamada de Drácula, seguramente de los setentas, cuando tenía seis años (sin permiso) y no me dio miedo y no tuve pesadillas, creo que queda claro que no se trata de que el programa per se haya sido lo que causó esa reacción en mí, eran las momias, no el formato.

Antes de continuar creo que es importante explicar que tengo la mala costumbre de saltar de una idea a la otra en grandes zancadas que suelen dejar en el aire incluso a aquellos que me conocen mejor y están acostumbrados a mis maneras porque les ha tocado vivirlas durante años. Juro que no es adrede. Generalmente mi mente va mucho más rápido que mi boca -o mis dedos, en este caso-, y se me pasa por alto que mis interlocutores no están dentro de mi cabeza y por lo tanto no tienen idea de lo que estoy hablando. Intentaré a toda costa ir con calma a ver si consigo hilvanar dos ideas coherentes para que esta historia tenga algo de sentido, pero les pido paciencia y quizás un poco de expansión mental para cuando las ideas se me escapen del rigor sistemático y se den a la fuga dando grandes y alegres saltos como mis vegetales cristianos favoritos. En este caso, además, no ayuda que para hablar de un tema haya que explicar otra cosa antes y en medio de esa explicación haya que dar otra y entonces después poder retomar la primera idea y así sucesivamente. Esto no va a ser lineal porque no puede serlo, porque siempre pasa en cierto punto que de pronto me doy cuenta de que lo que me está ocurriendo en ese momento tiene que ver directamente con algo que me había pasado antes y es apenas ahora cuando recibo esta parte de la información que me faltaba para que aquello tuviera sentido. Esto no va a ser lineal porque, en realidad, muy pocas cosas son verdaderamente lineales en nuestras vidas, lo que pasa es que casi nunca nos damos cuenta de eso.

Lo de la regresión (porque para poder saber que mi primera vida fue en el antiguo Egipto tuve que hacer una regresión), era algo que había preferido no compartir con nadie, por un lado por mi propia naturaleza incrédula que me impedía a mí misma asumir del todo, no solo que estuviera a punto de someterme a una experiencia de este tipo, sino a creer y a aceptar como reales y válidos los resultados de dicha experiencia, y por otra parte el hecho de ser católica chocaba de frente y sin espacio para puntos medios con todo este asunto de vidas pasadas. Ese era en verdad mi mayor obstáculo, una fe que conocía profundamente y que me señalaba un camino específico y un orden de las cosas determinado, frente a una serie de circunstancias y experiencias innegables que tomaban lugar cada vez con mayor frecuencia y mayor intensidad en mi vida, y que yo había tratado de ignorar y justificar de mil modos, mientras buscaba en vano una manera en que conceptos como Santísima Trinidad, Inmaculada Concepción y Resurrección, convergieran con los de Karma y Reencarnación sin rechazarse empecinadamente como dos cargas electromagnéticas positivas enfrentadas una a la otra.

Lamento mucho y me disculpo de antemano si esto empieza a sonar a una clase de Cátedra Bolivariana (la materia más insoportablemente aburrida de todo bachillerato para mí, aquí póngale usted la materia que lo hizo llorar de tedio un año escolar completo), o si sueno a clase magistral de la universidad un lunes a las siete de la mañana o un viernes a las seis de la tarde, ambas igualmente soporíferas. No es mi intención, es que el tema amerita cierto grado de seriedad.

Pues bien, sin ánimos de convertir esto en un ensayo de carácter religioso y sin la menor intención de dedicarme a predicar ni mucho menos intentar ganar adeptos, me es imposible relatar mi historia sin antes explicar un poco mi visión de religión, fe, Dios, entre otras cosas, todo esto en aras de evitar los saltos abismales a los que me referí anteriormente, de manera que mis anécdotas, o por lo menos el proceso por el cual llegaron a tener lugar, tengan un mínimo de congruencia y no carezcan de todo sentido lógico. Comenzaré diciendo que estoy firmemente convencida de que la reencarnación existe y no por ello el Credo se ha vuelto menos válido para mí. Creo firmemente en la existencia de un Ser Superior al que yo llamo Dios, aunque en realidad el nombre no tiene importancia, un Dios Creador que ama a sus hijos, a todos, incluso a aquellos que no creen en Él. Estoy convencida de que los seres humanos llevamos demasiado rato confundiendo religión con Dios y por ende con verdad absoluta y nos creemos dueños de ella, es entonces cuando comenzamos a empeñarnos en convencer a los demás de que lo que nosotros creemos es la única verdad aceptable y el que no opine lo mismo no solo está equivocado, sino que debe ser convencido a toda costa de que está en un grave error y, en casos radicales, execrado de la sociedad, de la religión, privado de derechos esenciales e incluso privado de la vida. Esta postura no solamente demuestra falta de tolerancia y de respeto hacia la libertad y el libre albedrío de cada quien, sino una falta absoluta de humildad de parte nuestra y una arrogancia desmedida. La religión es una vía, una herramienta para comunicarnos con Dios, para establecer una conexión con Él y es producto de nuestra propia imperfección, Dios es perfecto, Él no necesita herramientas ni vías especiales para amarnos y relacionarse con nosotros, por lo tanto la religión es para nosotros, no para Dios. Si tomamos esto como base, nadie tiene el derecho ni los argumentos suficientes para aseverar sin lugar a discusión que esta vía o aquella vía, una herramienta u otra, son la única, la verdadera, la aceptable, y que lo demás no tiene cabida y debe ser desechado. Fe no es lo mismo que religión. Fe es creer en algo y asumirlo como verdad aun cuando no se tengan pruebas que así lo confirmen; para los católicos la fe es considerada un don del Espíritu Santo y no todos lo reciben, ni les llega de la misma manera ni en el mismo momento de la vida. No tengo una respuesta a la interrogante de por qué Dios les da fe a algunos y a otros no, pero confío en que Él tendrá sus razones, que siempre han demostrado ser buenas, o lo que es lo mismo, tengo fe en que Dios sabe lo que hace. Si fe es creer en Dios aunque la razón no nos permita explicar ni comprobar una buena parte de aquello en lo que creemos y la religión es una vía o herramienta para establecer un nexo con Dios, ¿de dónde sacamos la idea de que el que no emplea la misma vía que nosotros es un hereje? El argumento de que lo que dice la Biblia es la verdad absoluta porque es la Palabra de Dios no me sirve, por dos razón muy sencillas, número uno, no tiene sentido emplear una cosa semejante como argumento frente a aquellos que, simplemente, no creen en la Biblia, número dos, en el instante en que los hombres hacemos una interpretación del contenido de algo, en este caso de la Biblia, la verdad deja de ser absoluta para convertirse en lo que nosotros pensamos que quiere decir, y es imposible no hacer una interpretación, por lo tanto ese argumento tampoco me sirve, puesto que la interpretación de la Palabra de Dios inicia en el mismo momento en que comenzamos a traducirla, apartando el hecho de que es un proceso inevitable por parte de nuestro cerebro.

Cualquiera que hable más de un idioma sabe a lo que me refiero cuando afirmo que traducir implica forzosamente interpretación, en el caso de la Biblia, no tiene sentido lógico pensar que las traducciones son una copia fiel y literal de los textos originales, o todas las Biblias de todas las ramas del Cristianismo serían idénticas y nada dista más de la realidad. Una Biblia católica y una Biblia de los Testigos de Jehová, por citar un ejemplo, difieren tanto una de la otra que no solo las palabras son diferentes, sino que pasajes e incluso libros completos de la Biblia faltan –o sobran, como se quiera ver-. Luego encontramos la interpretación personal, que infaliblemente se presenta cada vez que intentamos explicar el contenido de la Biblia; a menos que asumamos todo lo que dice en ella en un sentido íntegramente literal, estamos haciendo una interpretación, y es bien conocido que el que quiere encontrar argumentos para demostrar su punto de vista, los hallará. De cualquier y modo en aras de predicar con el ejemplo, como suele decirse, no estoy esperando convencer a nadie de que yo estoy en lo cierto y los demás están equivocados, este no es más que mi punto de vista personal, como señalé al comienzo.

Una de las preguntas que la gente se formula con mayor frecuencia en relación a Dios es ¿cómo puede Dios amarnos a todos por igual cuando a unos los ha colmado de bendiciones y otros no conocen otra cosa que no sea miseria y sufrimiento? Parece injusto de su parte, pero Dios es perfecto, por lo tanto no puede ser injusto, y si no es injusticia divina entonces ¿cómo puede explicarse una cosa así? No me detendré a exponer las diferentes respuestas que se han dado, principalmente porque considero que son hartamente conocidas por todos, en cambio ofreceré la mía, o mejor dicho, aquella con la que yo estoy de acuerdo: reencarnación. ¿Qué clase de (buen) padre le da a sus hijos una única oportunidad para pasar un examen al cual ha enviado a presentar con todas las de perder, puesto que el contenido que se le está evaluando jamás le fue enseñado, sino que va siendo asimilado por el hijo a medida que el examen avanza y muchas veces termina y entrega sin haber entendido jamás la lección? Un Dios que es un Padre protector y justo y que ama a sus hijos al punto de que la historia de Jesucristo haya tomado lugar, no puede, bajo ningún concepto, someter a sus hijos a un proceso como es el de vivir en este mundo sin ofrecerles otra oportunidad para aprender, para intentarlo de nuevo a ver si sale mejor la siguiente vez. Karma y reencarnación es mi explicación, entendiendo que "karma" no es un término netamente negativo, como la visión occidental tiende adjudicarle, sino que también cosechamos los frutos de las buenas obras que hemos hecho, mas tiene sentido pensar que en el momento de regresar a este mundo en una nueva vida, aprovechemos la oportunidad para elegir retos que nos ayuden a crecer espiritualmente, a saldar deudas de errores cometidos en vidas pasadas. Pienso que antes de encarnar todos nos trazamos un plan, ese es el destino, venimos acá con nuestros objetivos predeterminados porque venimos a aprender y a veces a enseñar, y para eso elegimos las pruebas y las herramientas que nos permitan avanzar espiritualmente, no se trata de Dios colmando a unos de bendiciones y haciendo a otros miserables.

Cabe aclarar que no pertenezco al grupo de los que piensa que todas las religiones son la misma cosa dicha con distintas palabras, muy por el contrario, estoy convencida de que las grandes religiones (basada en lo poco que conozco de ellas, puesto que no me considero experta en la materia ni mucho menos), son distintas unas de otras, son enfoques ciertamente diferentes de la vida, de la muerte, de la función que cumplimos aquí como seres humanos, de la función de Dios, etc. Como he mencionado antes, la religión no es más que una vía, no obstante, sí creo que Dios es uno solo, el punto clave reside en el enfoque que cada religión le da a ese Dios, la manera en que lo percibe y por ende la filosofía de vida y la manera de percibir el mundo que se genera a partir de esa concepción. Sin embargo, el hecho de que sean distintas no quiere decir que no tengan puntos en los que converjan, no necesariamente se anulan mutuamente sino que en determinados aspectos se complementan y eso es precisamente lo que yo encontré, una manera en que Catolicismo frente a Hinduismo y Budismo, o mejor dicho, los aspectos pertinentes al karma y la reencarnación en estas dos últimas, dejan de chocar para brindarme una respuesta que satisface a mi espíritu.

Tengo que admitir que todo este proceso, que fue largo, la regresión, otras cosas que aún no nombro como las señales y los sueños, el punto central de esta historia, al que todavía no llego, tantas cosas, todo propició un cambio profundo en mí y quiero pensar que me hizo una mejor persona. El cambio más importante fue quizás el de la humildad. La verdadera humildad. La que viene del amor. La humildad verdadera de reconocerme imperfecta, el amor verdadero de no juzgar a los demás. El punto clave está en que ese no juzgar a los demás no viene del ego, de creerme tan grande y tan buena y tan elevada que entonces ahora no emito juicios de valor sobre la gente, sino todo lo contrario, exactamente lo contrario, y por eso es que procede del amor: es no juzgar a los demás porque yo no soy mejor que nadie, porque yo no tengo todas las respuestas de esta vida, porque todo el mundo se equivoca, porque los demás tienen derecho a ser como son, a pensar como piensan, a sentir como sienten. Lo triste es que por tantos años yo me creí humilde y creí que amaba al prójimo como me habían enseñado las monjas, cuando en realidad nunca hice ninguna de las dos, nunca fui verdaderamente humilde y nunca amé verdaderamente a los demás. Y cuando Lennon y Harrison repitieron una y mil veces "love, love, love", estaban hablando de esto.

Ahora que he mencionado a los Beatles, muy a propósito de este tema del amor y de no juzgar, no puedo evitar acordarme de Yoko. Nunca he podido entender cómo tanta gente puede odiar a otro ser humano con tanto fervor, y lo más irónico es pensar que esa misma gente suele ser la que dice amar con la misma pasión a su esposo John. En primer lugar, culparla de la separación de los Beatles no solo es absurdo, sino que denota una ignorancia profunda de la historia de la banda y más importante, ¿acaso la separación de una banda de música justifica el odio hacia un ser humano? Así se trate de los Beatles. (No, no me volví loca poniéndome a hablar acá de los Beatles, le pido que me dé el beneficio de la duda.) Yo no dejo de preguntarme si todos esos detractores de Yoko no se habrán detenido a pensar un segundo qué pensaría y qué sentiría John al saber que pasan las décadas y la gente continúa odiando y juzgando a su esposa. John Lennon, un hombre que creyó firmemente en que lo más importante de todo era el amor, que luchó por el amor, en nombre del amor, que lo hizo su bandera y su verdad y creyó en su poder hasta el último día de su vida. Es una verdadera ironía y por partida doble. ¿Será que ninguna de estas personas se ha puesto a pensar que es gracias al amor que John sentía por Yoko, a lo pleno y amado que se sentía por ella, a la inspiración que nacía de todo esto, que nos pudo regalar tanta música maravillosa? ¿Acaso esa no es la verdadera influencia de Yoko Ono? La lista es inmensa y yo podría pasar horas aquí hablando de este tema, pero solo mencionaré una sola canción, porque me parece clave, me parece sencillamente evidente: "Imagine". ¿Acaso nadie se ha parado un momento a considerar qué es lo que estamos haciendo, qué dice de nosotros como seres que una cosa así pueda pasar? Y no es un ejemplo tonto simplemente porque yo esté hablando de un músico famoso y no de una guerra o de un genocidio. Es un ejemplo perfectamente válido porque pareciera que una guerra y un genocidio son ejemplos claros que todo el mundo halla repudiables, pero si ni siquiera podemos dejar de juzgar a quien no nos ha hecho nada y no podemos ver las cosas buenas que sí nos dio y nos dedicamos a odiar por el simple hecho de odiar (hace poco alguien a quien yo hasta ese día apreciaba y admiraba, me dijo frente a todo este argumento: "igual me cae mal e igual la odio"), entonces, ¿qué dice eso de nosotros, qué dice eso del ser humano? Yo pienso que estamos todos ciegos. La verdad, a veces creo que tengo muy poca fe en el ser humano y eso me entristece. No entiendo qué nos pasa, no entiendo por qué somos así, por qué parece que nos molesta que otros sean felices, que otros sean exitosos. Siempre estamos criticando, siempre, incluso a nosotros mismos, y es una batalla sin tregua, es fuego al enemigo sin piedad y sin cese. ¿Por qué somos así? ¡Ay de aquel que se atreva a ser diferente, porque será severamente juzgado y criticado, e intentarán por todos los medios hacerlo sentir como un idiota y no dejarlo subir! ¿Ejemplos? Pues una vez más, John Lennon. Si no me cree, escuche "Watching the wheels" o "The ballad of John and Yoko". Y tengo uno mejor, el ejemplo perfecto: Jesucristo. Jesús, que se atrevió a pensar diferente, a llevar un estilo de vida diferente, ¿cómo terminó? Crucificado. Es como un audio que una vez vino a dar a mis manos, de una carta que le escribía, mejor dicho, le recitaba Susana Rinaldi al fallecido Julio Cortázar, es un texto muy hermoso, en verdad, y en una parte ella relata cómo los diarios se habían dedicado a decir cosas terribles de un actor, a los pocos días este actor muere y el titular reza "ha muerto una gloria de la escena nacional". Es así, es exactamente así. Y claro, pasa a grande escala y a pequeña escala, quiero decir, le pasó a Jesús, le pasó a John

Lennon, le pasó a George Harrison, le pasó a este actor argentino y nos pasa a la mayoría. Yo digo que estamos ciegos porque creo que, o al menos de verdad quiero pensar que es así, a veces hacemos esto sin darnos cuenta. Piénselo, dígame cuántas veces no se ha dicho a usted mismo que si está muy gordo, que si está muy flaco, que si no sirve para esto, que si no es nada especial. Piénselo. ¿Cuántas veces se lo han dicho sus padres? Directa o indirectamente, dígame cuántas veces sus padres no le han hecho sentir que no puede hacer algo, que usted es una decepción en mayor o menor escala, pero que no están satisfechos con usted o lo que usted es/hace/piensa/siente/dice. Que no cumple las expectativas. Dígame cuántas veces hace usted lo mismo con sus hijos. Dígame cuántas veces no hacemos esto con el vecino, el del carro que va delante, el que tenemos detrás en la cola del supermercado, el tipo que sale en televisión, el compañero de trabajo, y así ad infinitum. Yo no digo que no existan las leyes o que nadie sea responsable por nada, yo estoy hablando de dejar que la gente piense como piensa, que sienta como siente, que diga lo que cree, que sea como es. ¿Por qué nos molesta tanto el éxito de los demás? ¿Por qué nos molesta tanto que la gente piense distinto a nosotros, que se salga de lo convencional, que rompa esquemas, que actúe distinto a como la sociedad está esperando que actúe? No es que todo tenga que ser una revolución ni que los paradigmas y las normas y la sociedad estén completamente equivocadas. Tal vez yo debería dejar de andar haciendo estas breves pausas para aclarar y justificar lo que estoy tratando de explicar, me refiero a esto de que no digo que no existan las leyes, no digo que nadie se haga responsable, no digo que la sociedad esté completamente mal, etc., lo he venido diciendo porque creo que ayuda a hacer que mi idea se entienda, pero quizás no hagan falta, quizás simplemente estén de más y si mi mensaje no llega es porque no es el momento y más adelante tal vez usted esté preparado para recibirlo. Pienso en Marvin Gaye, en esa canción suya tan famosa y tan bonita, ¿cómo es que dice...? "Brother, brother, everybody thinks we're wrong, oh but who are they to judge us simply 'cause our hair is long?". Simplemente porque tenemos el pelo largo. A los Beatles también los llamaron niñas por llevar el pelo largo y les preguntaban en tono de burla que cuándo pensaban cortarse el pelo. No podemos soportar que alguien se atreva a ser diferente. El último concierto que dieron los Beatles fue en el techo del estudio de grabación Apple Records, mientras grababan su último disco. En aquel entonces ya estaban más que consagrados, ya eran famosos mundialmente, más famosos que Jesús, en palabras del mismo John y cuya frase no es más que otro ejemplo de esta intolerancia absurda de los hombres: a lo mejor más gente en este planeta efectivamente conoce de la existencia de los Beatles que la que alguna vez ha oído hablar de Jesús. ¿Dónde está la blasfemia? Si en el mundo existen más musulmanes que cristianos, entonces más gente ha oído hablar de Mahoma que de Jesús, por lo tanto Mahoma es más famoso que Jesús. Y si Facebook o Twitter tienen más miembros que la cantidad de gente que promulga una religión determinada, entonces las redes sociales son más famosas que Jesús y que Mahoma y que Buda y que el Dalai y que toda esa gente. ¿No? Yo sigo sin ver blasfemia, injuria o herejía. Volviendo al tema, eran increíblemente famosos en ese momento, estaban en medio de la grabación de su último disco y ese resultó ser su último concierto, que apenas pasó de los cuarenta minutos, en los cuales las personas que trabajaban alrededor del estudio de grabación llamaron a la policía para que fueran a bajarlos del techo y a hacerlos callar. Y la policía vino, y les desconectó los instrumentos y acabó por echarlos del tejado. Yo me pongo a pensar qué pasaría si yo trabajara en una oficina y una tarde cualquiera veo que en el edifico de al lado se ha subido Eric Clapton o Elton John con todos sus músicos y de pronto empiezan a cantar y a tocar. O los Rolling, o U2, póngame aquí el nombre que más le parezca, pero eso sí, uno que sea sumamente famoso, que si se sube al techo del edificio de al lado, cualquier hijo de vecino sea capaz de reconocer quién es el que esté encaramado en ese techo tocando. Si a mí me pasa eso llamo llorando a familiares y amigos para contarles lo que me está pasando, o lo grabo con la cámara de mi celular, o le pregunto a mi compañero de cubículo si lo que estamos presenciando es verdad o si es un sueño, pero que no me vaya a pellizcar, que si es un sueño lo quiero vivir hasta la última canción que toquen. Definitivamente no llamo a la policía para que venga a bajarlos y mucho menos para que los hagan callar. Y si soy el policía que fue llamado para obligar a bajar y a dejar de tocar a este grupo o esta banda, me siento a disfrutar del concierto, que de paso es gratis y más exclusivo que esto tendría que ser que le llevaran una serenata al balcón de su casa. No los bajo, no les desconecto nada, aplaudo y pido "otra, otra". Pero así somos, estas personas no pudieron apreciar el regalo que estaban recibiendo y no solo no lo apreciaron sino que lo rechazaron. Estamos todos ciegos, y así vamos por la vida diciéndole a los demás que están equivocados, que si osan perseguir sus sueños les va a ir mal y al menor traspiés estamos listos al pie del cañón para recordarles que les advertimos que les iba a ir mal; así vamos, repartiendo culpas, diciéndole a los demás que solo siendo perfectos seremos merecedores del amor de Dios, yo quisiera saber quién dijo que el Cielo es para los perfectos, el Cielo es para los pecadores. Alguien más sabio y más elevado que yo vendrá un día a decir esto mismo mejor expresado y ojalá entonces escuchemos y entendamos.

Mucha gente, algunos de verdad muy queridos para mí, se fueron quedando en el camino porque ese constante señalamiento, ese dedo apuntando firme hacia todo lo que está mal con la humanidad todo el tiempo, a toda hora, desde la mañana hasta la noche, choca de frente con la humildad y el amor. Y aunque duele, es parte de ese amor dejarlos ser como son y dejarlos ir. Nadie puede ni debe forzar ese proceso en los demás. Hace un par de líneas dije que la gente tiene derecho a pensar como piensa, a sentir como siente, a creer lo que cree. Yo no soy mejor que ellos, mi camino no es mejor que el de ellos, si bien es cierto que de este lado se es más feliz y se vive con un poco más de paz (paz con uno mismo, porque como ya dije, el mundo está empeñado en tratar de convencernos de que estamos equivocados y nos va a ir mal), es algo que no digo desde el ego, no lo digo creyéndome mejor o creyéndolos inferiores por continuar viviendo de esa manera, y sí, a veces duele mucho dejar ir a algunas personas, pero hiere más recibir constantemente esa negatividad, ese rechazo, ese mensaje de que uno es una decepción para alguien y que no cumple con las expectativas que esa persona tenía para uno, y llega un momento en el que uno se cansa y no puede más, abre los ojos y se da cuenta de que esta vida es de uno, no de los demás, y allá cada quien con sus juicios de valor, si los demás quieren, pueden seguir decepcionados de uno toda la vida, yo no puedo, no debo y no quiero vivir persiguiendo los estándares que otros tienen para mí, es irresponsable conmigo misma, y cuando uno por fin se da cuenta de esto se siente liberado y se da cuenta de lo absurdo y sinsentido que es vivir tratando de complacer a los demás, de que nadie se ponga bravo, de que todo el mundo lo quiera, y entonces dejar ir es lo que toca.

Retomando el tema de la reencarnación, el hecho es que en mi adolescencia yo estaba convencida de que este asunto de las vidas pasadas era el disparate más inmenso que se había podido inventar. Como buena escéptica, me dediqué a leer cuanta publicación encontré al respecto, quería tener una base sólida para poder afirmar con propiedad la opinión que todo esto me merecía. Era una postura un tanto inesperada, considerando que desde muy niña había tenido sueños premonitorios, algunos tan claros como leer una minuta de lo que estaba por acontecer, otros cargados de simbología, que infaliblemente se cumplían, incluso aquellos que yo desechaba por no entender o porque no me parecían relevantes y los olvidaba; en el momento en que se cumplían, volvía a mi mente la imagen de la premonición en cuestión como un golpe de verdad y de reproche en la cara, y yo envilecía cobardemente mi predicción atribuyéndosela al azar y las casualidades. Las premoniciones no se limitaban al mundo onírico, desde muy pequeña tenía esta especie de presentimientos y de visiones que siempre hallé un tanto complicadas de explicar a los demás; a veces era una idea, la certeza absoluta e irrefutable de que algo estaba sucediendo o sucedería, como si esta verdad fuera algo tangible que alguien acabara de meter dentro de mi cerebro, otras veces era una especie de visión, como soñar despierta, como si mi mente se escapara de sus lazos mundanos y me mostrara por unos instantes un cortometraje de algo que estaba por suceder. De manera que desde siempre había estado expuesta a lo inusual, a experiencias que difícilmente -por no decir que en absoluto- podían explicarse a través de la razón, aunque, a decir verdad, no había que ir muy lejos para hablar de estar expuesta a teorías extraordinarias que escapan de todo razonamiento lógico, el cristianismo está repleto de ellas, así que con mi propia religión bastaba y sobraba. Nunca me equivoqué, ni siquiera las veces en que deseé con todas mis fuerzas que algo no pasara. O, bueno, todavía no me equivoco, supongo que siempre habrá chance de que mis premoniciones sean incorrectas, pero en base al récord intachable que he mantenido desde que tengo recuerdo, parece poco probable, para bien o para mal.

Fue así como el primer sueño irrefutablemente relacionado con vidas pasadas me sorprendió en el ápice de mi convicción de que aquello era una falacia. Vicente tenía alrededor de año y medio, en mi sueño lo veía de esa misma edad, acaso un poquito más grande, paseábamos por la playa, jugando y riendo, mojando los pies en el mar, entonces, esa parte consciente de uno mismo que de vez en cuando aparece en los sueños como un testigo, viéndonos desde afuera, dándose cuenta de que está presenciando un sueño, su propio sueño, esa Maite viéndose a sí misma en un sueño jugando con su hijito, dijo conmovida: "Vaya... me tocó ser mamá de Vicente otra vez." Desperté sabiendo que no podría hacer caso omiso de lo que acababa de serme revelado, ni adjudicárselo a alguna excusa que se me pudiera ocurrir para desechar la verdadera naturaleza de este sueño; es más, desperté deseando conocer más detalles, ¿por qué me había tocado ser mamá de Vicente una vez más? ¿Era algo bueno, o acaso significaba que teníamos asuntos inconclusos por resolver uno con el otro? ¿Cuántas veces más habíamos reencarnado juntos? ¿Por qué no éramos primos, o hermanos, o esposos o algún otro parentesco, por qué nos tocaba ser madre e hijo de nuevo? ¿Quiénes más habían estado conmigo en otras vidas? ¿Acaso todas las personas cercanas a mí han reencarnado conmigo antes o quizás algunas sean almas nuevas? Cuántas interrogantes me invadían. Aquellas ocasiones en que había visto a alguien por primera vez e instantáneamente había sentido como si le conociera de toda la vida, ¿acaso con ellos había tenido lazos fuertes en otras vidas que se manifestaban así en esta? La pregunta que más me apremiaba era ¿por qué? Quería saber, necesitaba saber si tenía cuentas pendientes con quienes estaban a mi alrededor, principalmente aquellos a quienes más amaba. De repente comprendí lo que implicaba venir a este mundo, invertir toda una vida -que por lo general se trata de un período largo de tiempo- en tratar de crecer espiritualmente, en resarcir daños ocasionados, en enmendar errores, en aprender y crecer y simplemente ser felices, y todo el peso de esta conciencia me cayó encima con su baño infinito de responsabilidad. Una vida, una nueva oportunidad para hacer las cosas bien, podía ser corta, podía ser larga, como quiera, una vida. De pronto me sentí muy cansada, como si llevara mucho tiempo haciendo miles de diligencias en el camino de vuelta a casa y no solamente me faltara mucho por llegar, sino que nuevas situaciones que yo no esperaba y ciertamente no había previsto surgían aquí y allá, retardando aún más el regreso; de pronto sentí una necesidad apremiante de llegar de una vez por todas a casa, ese lugar cálido y seguro que me esperaba en alguna parte, y dejar de distraerme en el camino tomando vías alternas, simplemente quería hacer lo que tuviese que hacer para poder llegar y listo, pero por supuesto la cosa no es así de fácil. En ese momento, añorando furiosamente esa sensación de haber llegado al hogar, esa nueva conciencia de lo que vale y lo que implica una vida volvió a aplastarme con todo su peso cuando imaginé haber llegado a casa luego de andar un camino largo y lleno de vericuetos y vicisitudes, solo para tener que volver a salir y repetir la odisea una vez más, una y otra y otra vez más durante muchas vidas y entonces me sentí verdaderamente agotada.

Después de aquel sueño el tema de la reencarnación pasó a un segundo plano durante poco más de una década, a pesar de la huella tan marcada que había dejado en mí. Mi vida se pobló de muchas otras cosas bastante relevantes que acapararon todo mi tiempo, mi energía y que requerían de mi atención constante y absoluta, y que además debían ser tratadas como prioridad, de manera que entre ocuparme de Vicente, la llegada de Raquel y más adelante de Alba Teresa, mudarme de país cargando con dos niños pequeños, dos gatos, tres coches y ocho maletas, las tribulaciones de mi matrimonio con sus respectivos interludios de dicha y armonía, así como la continua búsqueda de mí misma y el devenir constante entre la culpa de salir a trabajar dejando a los nenes bajo el cuidado de un extraño, que siempre es un riesgo, perdiéndome, de paso, lo mejor de estos primeros años de sus vidas que jamás regresarían y el auto reproche de quedarme en casa dejando toda la carga económica en manos de un esposo que ya de por sí se sentía encasillado en el renglón de "proveedor", viendo al mundo avanzar profesionalmente mientras yo me quedaba como suspendida en el espacio-tiempo, en una dimensión paralela donde las leyes de la física no aplican, tratando de sacar una mancha de grama de un pantalón o restregando la alfombra para sacar un buche de leche antes de que la decolorara irremediablemente a la vez que veía –o más bien escuchaba- CNN en la televisión para luego tener algo inteligente de qué hablar en la siguiente reunión con los socios y empleados de mi esposo, donde siempre me sentí más fuera de lugar que Bridget Jones, entre otro montón de asuntos chicos y grandes que me tomaría varios días enumerar, el tema de las vidas pasadas se perdía en los confines de la lista, para no decir que ni siquiera figuraba en ella. Hasta que un buen día me encontré con que los niños habían crecido, no del todo pero ya no requerían atención constante como cuando eran bebés o como cuando les bastaba una sola manito para mostrar cuántos añitos tenían, habíamos entrado en una especie de período de gracia, una etapa de descanso que servía a modo de ciclo sabático para lo que estaba por venir, la tan temida –por mí- y tan ansiada –por ellos- adolescencia. Me había separado del papá de mis hijos, no con poco drama, y si bien ciertas heridas (que seguramente nunca sanarían) no habían cicatrizado del todo y permanecían ahí, una costra se había formado sobre ellas y ahora solo dolían si se hundía el dedo deliberadamente en ellas, como toda herida, supongo. Mal que bien, parecía que había logrado cierto nivel de armonía en mi vida, las cosas habían poco a poco tomado su respectivo lugar, decantado, y de pronto, mi vida había dejado de ser ese caos organizado -y ni tan organizado a veces- que fuera durante mis primeros años de matrimonio y en la primera infancia de los nenes, para volverse algo más sereno, una rutina por demás agradable. Cuántas inseguridades habían quedado atrás, cuántos complejos tontos, cuántas consideraciones absurdas, cuántas concesiones inútiles, todo en el pasado, producto quizás de una madurez que solo podían darme los años y la vida misma. Me gustaba mucho más esta Maite de ahora que la de hacía diez, quince, veinte años atrás, no obstante comprendía perfectamente que para que esta Maite pudiera estar hoy aquí, era menester que la Maite de otrora hubiera existido, y esta disertación con notas existencialistas que me sorprendía un viernes por la noche, sumergida en un merecido baño de burbujas acompañado de una copa de un particularmente maravilloso Chardonnay, trajo de vuelta las viejas teorías de reencarnación y vidas pasadas, el sueño con Vicente y qué sé yo cuántas otras señales sobre el mismo tópico.

Comencé una vez más a indagar sobre el tema. No tenía intenciones de volverme una erudita en la materia, simplemente buscaba respuestas, pero pronto me daría cuenta de que la cosa no era tan sencilla como yo había previsto en un principio y que esta singular y valiosísima herramienta moderna que es la internet acabaría siendo, como dicen por ahí, mi juez y mi verdugo, creo que es así como dice esa expresión, no estoy segura ya, a lo mejor no es eso lo que yo quiero decir, me refiero a que la internet acabó siendo una bendición y un dolor de cabeza al mismo tiempo cuando la cantidad de información que encontré fue tal, que la dicha inicial de contar con una fuente semejante acabó transformándose en la labor abrumadora y casi sobrehumana de revisar uno por uno cada enlace y separar el contenido que valía la pena de la mera charlatanería. Supe que sería un proceso largo cuando el buscador me mostró setenta y cuatro páginas con una veintena de enlaces en cada una, solamente usando la palabra "reencarnación". No me molestó, no estaba apurada, aunque debo confesar que en más de una ocasión deseé fervientemente encontrarme con todas las respuestas de golpe y ya salir de eso, otras, estuve a punto de tirar la toalla y darme por vencida y quedarme con mis dudas y mis preguntas sin respuesta y nada más.

Pronto se hizo evidente que hacer una regresión a través de la hipnosis era menester, pero ¿cómo, dónde y con quién? El problema principal era que yo vivía en una zona del país bastante conservadora y de mayoría cristiana, ¿de dónde iba a sacar una sesión de regresión por hipnosis en aquella urbe de naturaleza afable y cortés, cuando lo más cercano al tema de la reencarnación que se me ocurría era el único templo hindú que había por todo eso, al que ni siquiera sabía llegar y del que tenía conocimiento de su existencia gracias a la cantidad de vueltas que di una tarde buscando una bendita dirección de no sé qué parque de colchones inflables al que los niños querían ir y que terminó siendo en la otra punta ciudad? No estaba nada fácil la cosa. En uno de los libros que compré había un capítulo dedicado al método para hacerlo uno mismo, con la ayuda de alguien más, se entiende. Lamentablemente yo no conocía a nadie en quien confiara tanto como para ponerme en sus manos y dejarme hipnotizar por él (o ella), excepto, y vaya si era una ironía, mi ex esposo, pero, por supuesto, eso en verdad ya no era una opción y por lo tanto no contaba, así que era lo mismo que nada. De todos modos no me terminaba de convencer ese asunto de hacerlo con un librito, así, sin saber uno bien cómo era que iba la cosa, por un lado me parecía peligroso, un poco jugar con fuego esto de andar mandando mensajes a niveles profundos de la mente sin saber qué hacer en caso de que las cosas no salieran de acuerdo a lo planeado, o quizás dar algún comando inapropiado por culpa de la inexperiencia y luego no tener idea de las consecuencias que algo así acarrearía y peor, no saber cómo revertirlo, y por otro lado pensaba que, sencillamente, podría no dar resultado y ser todo una gran pérdida de tiempo. Claro que, mirándolo bien, resultaba quizás tanto o incluso más peligroso andar dejándose hipnotizar por un perfecto extraño. No quedaba más opción que apelar a la corroboración de títulos y credenciales varias proporcionadas por este profesional para sustentar el derecho al uso de dicho calificativo, no obstante, todo esto era una preocupación secundaria pues para poder dedicarme a evaluar qué tan legítimo era un hipnotizador hacía falta primeramente encontrar uno y, como dije antes, no estaba resultando nada sencillo.

Antes olvidé mencionar que mi mente, además de practicar el salto de longitud y salto con garrocha a la hora de exponer una idea, como comenté al principio, también entrena ardua y fervientemente en otras modalidades del atletismo, siendo su favorita una suerte de carrera de cien metros planos con testigo adosado intransferible, echándose a correr a velocidades vertiginosas, idea en mano y firmemente asida, sin mostrar la menor intención de detenerse ni mucho menos hacer entrega del testigo hasta no haber identificado, evaluado y aprobado un mínimo de diez pasos posteriores a la toma de cualquier tipo de decisión relativa a la idea en cuestión. O sea, en español: para tomar una decisión, yo soy de las personas que les dan mil vueltas a la idea en la cabeza, tratan de evaluar, sopesar y medir los pros y contras y todas las hipótesis de todas las variables posibles que se me pueda ocurrir que puedan tomar lugar si hago A en vez de B. Así que primero lo primero, debía conseguir a alguien que residiera en la ciudad, que supiera de hipnosis y de regresiones y que no fuera un charlatán.

Al comienzo dije que esta era una historia de amor, pero para llegar a esa parte primero tengo que contar algunas cosas, las que comencé a contar y otras nuevas. Prometo que eventualmente todo comenzará a tener sentido.

Yo nunca fui una niña muy normal que se diga. Tampoco quiero decir que tuviera problemas graves, gracias a Dios. Lo que intento decir es que desde muy niña estuve expuesta a eventos extrasensoriales: sueños premonitorios, precognición y clariaudiencia. Mi abuela nunca me alentó a desarrollar esas capacidades, aunque en el fondo sé que reconocía que eran verdaderas; ella siempre me decía que no respondiera cuando escuchara que me llamaban por mi nombre, cosa que pasaba constantemente. Nunca me explicó por qué y yo nunca he indagado al respecto, simplemente lo acepté como ella me lo enseñó, me acostumbré a no responder y en cambio ir hasta donde había gente y preguntar si alguien me había llamado. A medida que fui creciendo dejé de escuchar que me llamaban, o mejor dicho, ya no ocurre con la misma frecuencia que cuando era chiquita. A Alba Teresa también la llaman, yo le digo lo mismo que mi abuela me decía a mí. Creo que mi abuela no tenía manera de saber quién me llamaba ni con qué intenciones y eso la ponía nerviosa, para protegerme, me enseñó a que no que respondiera. Me ocurre exactamente lo mismo con Alba Teresa, pero me estoy desviando del tema, quizás más adelante hable más sobre Alba. Mi abuela y mi tía, la mayor, cada una a su modo, siempre creyeron en las cosas que me pasaban. Eran mujeres muy espirituales y muy religiosas, que siempre estuvieron abiertas a este tipo de experiencias extrasensoriales, quizás porque ellas también las vivían aunque de manera distinta a mí. Yo también fui siempre bastante espiritual, recuerdo que a los cinco años designé una esquina de mi cuarto como mi rincón de oración, tenía un pequeño cojín donde me sentaba o arrodillaba, y ahí pasaba una buena parte de mi tiempo orando, pero no repetía las oraciones que me enseñaban las monjas del colegio, no rezaba, oraba. Comenzaba dando gracias a Dios por todas sus bendiciones, dejaba que mi espíritu hablara con Él, que le dijera todo lo que estaba en mi corazón de una forma muy espontánea, no tenía un guión mental de qué decirle ni cómo decírselo, luego dejaba que Él me hablara a mí, hacía silencio y esperaba su mensaje. Era tan fácil y tan natural para mí en aquel entonces, supongo que porque siendo tan chiquita mi corazón era muy puro, ahora me cuesta mucho más, de hecho, no creo que haya logrado un nivel de comunicación con el Señor en mi vida adulta remotamente comparable al de aquella época, aunque me gustaría mucho poder volver a callar mi mente y dejar que Dios me hablara. It's a work in progress, como dicen aquí.

Como dije, desde muy niña estuve expuesta a experiencias extrasensoriales, lo que hizo que muy pronto me acostumbrara a ellas. No quiero decir que hayan dejado de sorprenderme, eso jamás ha pasado, yo siempre que recibo un mensaje paso por el mismo proceso de desconcierto inicial e incredulidad posterior, pero eso es un conflicto personal que tengo tiempo tratando de resolver, es mi mente consciente, mi lado práctico, tratando a toda costa de darle una explicación lógica a lo que está pasando, de utilizar la razón como una manera de descartar cualquier posibilidad de que esto se trate de a algo perfectamente explicable, comprensible, de que haya una ley física que se le haya ocurrido a alguien donde encaje lo que está sucediendo. Es una pequeña (y a veces no tan pequeña) lucha de poderes dentro de mí, yo intento descartar que se trate de algo paranormal porque me ayuda a confirmar que se trata efectivamente de un mensaje y eso me ayuda entonces a creer en él. No debería ser así, menos con mi historial, pero como dije, es un conflicto personal que estoy tratando de resolver. Yo debería tener la fe suficiente en estos mensajes, en mi capacidad de tener acceso a ellos, de recibirlos y percibirlos sin tener tantas dudas, sin andar tratando de comprobar que no son tales.

Yo nunca he sido una persona de muchos amigos, yo soy extrovertida pero reservada, puedo socializar fácilmente con casi cualquier persona pero soy muy discreta y resguardo con mucho celo mi privacidad, por eso siempre he sido alguien que tiene muchos conocidos pero contadísimos amigos, e incluso a veces ni a ellos les cuento mis asuntos personales; de ese pequeño grupo que puedo decir han sido mis verdaderos amigos, ha habido algunos que están o estuvieron en mi vida como con una misión específica y, bueno, no son solo los amigos, pasa con la gente que entra en mi vida, en general. Yo tuve dos amigas a las que quise mucho cuando estaba en el colegio, una desde preescolar, la otra la conocí en sexto grado. En el caso de ellas dos, creo que estuvieron en mi vida como una especie de iniciación, como para que yo me familiarizara con esos golpes de intuición. En ambos casos, recuerdo que las vi por primera vez en el salón y simplemente supe que ellas iban a ser mis mejores amigas. No sabía cómo se llamaban, no había nada que resaltara particularmente en ellas (yo estudié en un colegio de monjas, solo de niñas, y en mi país todos los colegios usan el mismo uniforme). A mi amiga de sexto grado la asusté un poco porque para ese entonces yo no tenía mucho filtro y le dije directamente cuando me presenté que ella iba a ser mi mejor amiga, en cambio, mi amiga de preescolar se tomó que yo, una niña desconocida en el salón, me acercara a ella y le diera un abrazo, le dijera mi nombre y la invitara a jugar como la cosa más natural del mundo, es la diferencia entre cómo se perciben las cosas a los cuatro y a los doce años. A mi amiga de preescolar la amaba profundamente. Creo que su amistad fue mi primera experiencia de la capacidad de dar

y recibir amor de otro ser humano. Yo les estaré
eternamente agradecida a mi mamá y a los padres de mi
amiga por dejarnos ser como éramos, libremente. Este
mundo de hoy está obsesionado con la homosexualidad.
Cuando Alba Teresa tenía unos tres añitos, una tarde fresca
de verano en el patio de la casa mientras jugaba con Raquel
y dos vecinitas hermanitas más o menos de la misma edad
que ella, de repente dejó de jugar y fue hasta donde
estábamos mi vecina -mamá de las nenas-, y yo, y nos dijo
con su carita muy seria y su lengüita "mocha" (Alba no
pudo pronunciar bien prácticamente ninguna palabra hasta
que estuvo en primer grado): "Dios ama a todas las
personas, no importa si son niñas o niños, o si su piel es
blanca o es marrón, o si su pelo tiene rizos o es lacio, Dios
ama a todos. Si las mamás y los papás se aman mucho, se
casan y tiene bebés, entonces dos papás o dos mamás que
también se amen mucho se pueden casar y tener bebés,
porque lo que importa es el amor y Dios nos ama a todos."
Mi vecina y yo quedamos como clavadas, perplejas con la
boca abierta y los ojos más abiertos aún. Cabe destacar que
a esa edad Alba Teresa todavía no iba al colegio, y su papá
y yo agotamos todas las posibles fuentes que se nos
ocurrieron de donde Alba podría haber escuchado y luego
repetido todo eso, y no dimos con ninguna. Alba Teresa es
un ser especial, y no lo digo porque sea mi hija, lo digo
porque lo veo y lo sé. A Raquel y a Vicente los amo con
todo mi corazón y daría mi vida por ellos, y son unos niños
maravillosos, pero ellos son como la mayoría de la gente,
personas normales, como yo, como su papá, como todos.
Alba es diferente. Pero nuevamente me he desviado del
tema y he vuelto a hablar sobre Alba, yo venía diciendo que
les agradecería eternamente a mi mamá y a los padres de
mi amiguita de preescolar que nos hayan dejado expresar
nuestro afecto sin juzgarnos y sin limitarnos. Fue cuando
vino el comentario de que este mundo de hoy está
obsesionado con la homosexualidad y recordé aquellas

palabras de mi hija, porque creo que expresan de la manera más pura y más clara mi postura. De todas maneras ni mi amiga ni yo terminamos siendo lesbianas, ni tuvimos ninguna experiencia homosexual o curiosidad o algo así de ningún tipo, con nadie.

Ese lazo que se había formado entre mi amiga y yo continuó siendo caldo de cultivo para familiarizarme con todo ese mundo extrasensorial. Aparte de lo que ya mencioné sobre reconocerla como un alma afín a mi alma la primera vez que la vi, el primer día de clases, con el transcurso de los años ocurrieron más cosas: ya estábamos en cuarto grado, si no me equivoco, teníamos como diez años, y mi amiga y yo teníamos un pequeño grupo que habíamos formado con otras tres niñas, jugábamos juntas, desayunábamos juntas, nos sentábamos juntas, etc. En el colegio, cuando la monja subdirectora tocaba la campana de inicio había que hacer una fila en el patio, todos los grados hacían fila y cantábamos el himno, izábamos la bandera, rezábamos y a veces una maestra daba algún anuncio; todas las mañanas del mundo, excepto cuando llovía: cuando llovía se hacía imposible estar en el patio y nos dejaban esperar en el pasillo del salón. Una mañana de lluvia yo estaba sentada en el pasillo con dos de nuestras amigas del grupo, nuestro salón era el último del pasillo así que estábamos sentadas en la pared del fondo, yo estaba de espaldas a la entrada del corredor y ellas estaban frente a mí. En un momento las miré y dije: "Judith acaba de llegar." Ellas, que veían el pasillo y no veían venir a nadie, se rieron y bromearon diciendo que me estaba volviendo loca. Yo repetí: "Judith acaba de llegar, ella está aquí." En ese preciso instante los rostros de mis amigas se transformaron cuando vieron asomarse por la entrada del pasillo a nuestra amiga Judith, que las saludaba con la mano desde lejos. Yo me volteé, vi a mi amiga y le sonreí. Las otras niñas estaban sorprendidas y un tanto nerviosas con lo que acababa de pasar, y me preguntaban una y otra vez cómo había hecho para adivinar que Judith aparecería justo en ese momento. Yo no estaba sorprendida y tampoco estaba nerviosa, haber presentido a Judith de esa manera no me daba miedo ni me parecía raro, había sido una cosa muy natural, un pensamiento que había aparecido en mi mente de pronto, una certeza rotunda, "Judith está aquí", lo había sabido de una manera que no tenía cómo explicar, simplemente lo había sabido y eso era todo, y además había percibido su olor, y eso tampoco lo podía explicar, sin embargo comprendía que lo que acababa de pasar no era típico. Hay gente y hay sitios que tienen olores muy particulares, toda mi vida los olores han sido algo especial para mí, supongo que tiene que ver con todo este mundo extrasensorial. Tengo que decir que, si usted conociera mi colegio, sabría sin necesidad de explicación alguna de mi parte que es imposible que yo haya simplemente percibido el olor de mi amiga. Mi colegio es inmenso y parece un castillo o más bien un fuerte español de la época colonial. Desde donde yo estaba no existe posibilidad alguna de que yo hubiera podido oler a mi amiga, que dicho sea de paso no era un olor a jabón ni a champú, ni a desodorante -que en esa época aún no usábamos-, no era ningún perfume, era un olor específico de ella, y muchos años más tarde, en la universidad, aun cuando habíamos perdido contacto hacía mucho, una mañana muy fría antes de comenzar clases en la entrada de mi facultad, que quedaba en el extremo opuesto a la suya, iba caminando con una compañera de clases cuando me detuve, me volteé y ahí estaba Judith, apareciendo por las escaleras del estacionamiento de mi facultad. Una vez más, había percibido su olor. Esa fue la primera y única vez que ella y yo nos encontramos en la universidad.

Por suerte para mí en la misma época en que comencé a tener mis primeras experiencias extrasensoriales, mi tía, la mayor, estaba en una onda espiritual, para llamarlo de alguna forma, y me llevaba con ella a retiros y meditaciones, y cuando estuve un poco más grande, me dejaba acompañarla cuando iba con un sacerdote amigo suyo a bendecir casas donde se había reportado actividad paranormal. Más de una vez la llamé una tarde después del colegio para contarle una pesadilla terrible que había tenido la noche anterior, y ella me llamaba un par de días después para contarme que había estado con el Padre bendiciendo una casa y las energías negativas y los entes negativos que estaban causando conflicto habían estado donde y como yo le había dicho que había visto en mi sueño. Esos sueños siempre eran feos, muy feos. Aquí, quizás valdría que Jung pudiera venir a iluminarnos un poco; yo no soy una experta en la materia ni mucho menos, y no sé cuántos tipos de sueños hay ni cómo se clasifican, pero en mi experiencia personal, están los que son simplemente sueños, una mezcla de las cosas que pasaron durante el día, de las preocupaciones que uno tiene, cosas así, no tienen ningún significado en particular, no tienen ningún mensaje, son simplemente una manera de drenar todo eso que uno ha acumulado durante el día. Fácil, hasta los momentos. A partir de aquí es donde me enredo un poco a la hora de explicar: están los sueños premonitorios, aquellos que en sí mismos son un mensaje y aquellos que, si bien no pronostican ningún suceso a futuro, de igual modo contienen un mensaje; en ambos casos es un mensaje claro, incluso cuando vienen envueltos en simbolismos, es claro y no hay lugar a dudas que se trata de un mensaje. Por otro lado, he tenido sueños que han sido claramente un recuerdo de una vida pasada, tal vez no debería llamarle recuerdo, pero es la mejor palabra que se me ocurre para describir esta especie de cortometraje de una vida pasada.

Es clarísimo que se trata de una vida pasada. Sé que he usado las palabras "claro" y "clarísimo" más veces seguidas de lo que el buen castellano permite, pero es que no puedo evitar hacer énfasis en lo evidente, en lo sin lugar a dudas, en lo rotundo, en la certeza que se tiene cuando se tienen estos sueños, de que el mensaje es real, la premonición es real, la vida pasada es real. Cómo sé que se trata de un sueño de una vida pasada es algo que tendré que dejar suspendido por los momentos y retomar cuando haya hablado un poco más acerca de mi regresión y otros detalles claves de la verdadera historia que quiero contar y para la cual todo esto, todos estos detalles y estas explicaciones, no son sino un preámbulo, uno muy largo, he de admitir.

En este punto, quizás debería volver a mencionar algo que comenté cuando hablaba al comienzo sobre aquel sueño que tuve cuando Vicente era un nene, que caminábamos por la playa y yo me conmovía al darme cuenta de que me había tocado ser su mamá de nuevo en esta vida, allí hablé de esa especie de momento lúcido en el que uno, dentro del sueño, se da cuenta de que está soñando y de cierta forma puede como extraerse a sí mismo de ese sueño, de lo que está ocurriendo, para verlo desde afuera, como un testigo, aun cuando uno sigue viéndose a sí mismo y viendo las cosas que están ocurriendo, uno se vuelve protagonista y testigo al mismo tiempo de su propio sueño, aunque debo aclarar que no siempre uno se ve a sí mismo, a veces presencia todo desde afuera, a veces deja de verse pero continúa viviendo el sueño, continúa percibiendo los colores, los sonidos, las sensaciones, los olores, continúa siendo parte activa del sueño aunque deje de verse como si estuviese en un espejo; por lo demás, ignoro si se trate de una condición inherente a los sueños premonitorios, a los que contienen un mensaje y a los de vidas pasadas, solo sé que cuando he tenido alguno de esos tres, siempre me ha pasado.

Pero yo iba a contar cómo eran esos sueños feos antes de interrumpirme a mí misma dando explicaciones paralelas sobre temas paralelos. La mayoría de las veces veo claramente a esos entes, esos seres malignos, que no se parecen en nada a los de las películas, pues son de un horror que no se puede reproducir. Como dije cerca del comienzo de esta historia, yo nunca he sido alguien que se asuste fácilmente, al menos no de este tipo de cosas, quizás porque desde chiquita supe que el miedo les daba fuerza y que en realidad no había nada que temer porque Dios está siempre conmigo y esto último es algo que le debo a mi abuela; asumo que ella, una vez más, por el mismo motivo que me dijo que no contestara cuando escuchara que me llamaban, me sentó una noche con ella en la sala, yo tenía unos seis o siete años, mientras todos mis primos jugaban y veían televisión en su habitación, sacó su Biblia y la abrió en el salmo noventa y uno y comenzó a leer: "Tú que habitas al amparo de Altísimo..." Lo leyó hasta el final y me dijo que siempre tuviera mi Biblia en mi mesa de noche abierta en la página de ese salmo, y que si por alguna razón sentía miedo, lo leyera. Desde ese momento mi Biblia ha estado en mi mesa de noche, abierta en la página del salmo noventa y uno. Esta es mi Biblia de toda la vida, la que me compraron cuando comencé el colegio, y curiosamente mi versión tiene una pequeña introducción con las palabras "Oración de la noche" como título. ¡Qué apropiado! Por lo tanto, al menos en lo que respecta a este tipo de cosas, yo suelo no tener miedo. Estos sueños son un reto a todo eso. En cierta forma, son siempre iguales, quiero decir, la esencia es siempre la misma: tratar de causar mucho miedo en mí, tratar de amedrentarme y sobre todo hacer que pierda la fe en Dios. Generalmente el ataque es personal, suelen rodearme cada vez más cerca y a medida que avanzan yo continúo repitiendo la misma oración. Hay una en específico que, por alguna razón, es la que siempre se me viene a la mente primero durante estos sueños y en cualquier situación o circunstancia de mi vida en la que me encuentre en la que me sienta en peligro inminente o sienta que necesito la protección de Dios. Para mí, es sumamente poderosa, esas palabras "Sangre de Cristo, protégeme, amor de Cristo, protégeme, manto de María, cúbreme" son una especie de mantra de protección para mí, son mi escudo. Siempre lo han sido, desde muy niña. En estos sueños, esa es también la oración que suelo repetir para protegerme de esos seres, mientras ellos se ríen de mí en mi cara y me dicen cosas como "Dios no está aquí y no va a venir porque tú no le importas." "Dios no existe." "¿Quién te dijo que Dios es más fuerte que nosotros?" "¿Dónde está tu Dios que no viene a defenderte de nosotros?" Y demás cosas por el estilo. La técnica que emplean con mayor frecuencia es la de la asfixia progresiva, me van asfixiando poco a poco hasta que siento que me voy a desmayar. No sufro de apnea del sueño, ya me he hecho estudios para descartar eso. Son ellos. Una vez, en el sueño más feo de este tipo que tuve, hicieron que se me olvidaran las palabras, así que comencé a improvisar, por decir así, e invocaba la protección del Señor con las palabras que me iban llegando a la mente pero en lugar de frases concretas más bien balbuceaba cosas ininteligibles, entonces se rieron de mí y me escupieron, y me cerraron la boca, tenía como los labios pegados y no podía hablar, me rodearon en círculo, sentía su respiración sobre mí y ese olor fétido que despedían, agaché la cabeza y traté de cubrirme con los brazos y dije en mi mente "San Miguel Arcángel ven a defenderme", en ese instante vi una luz blanca que me cubría, me rodeaba, que iluminaba todo lo que estaba a mi alrededor hasta que lo único que quedó fue esa luz blanca y yo, en el centro. Desperté y sonreí, y le di las gracias a tan hermoso ángel por venir en mi auxilio cuando más lo necesitaba.

Sueños premonitorios es el tipo de sueño de los tres que mencioné hace un rato que con mayor frecuencia tengo. Aparte de los normales, se entiende. Algunos han venido a pronosticar eventos agradables, otros, tragedias. Son muchos, pero recuerdo en particular dos que vale la pena mencionar en este momento: era la mañana del once de septiembre del 2001, Javier había salido hacía rato de casa con Vicente y yo me había vuelto a acostar para tratar de recuperar algo de sueño (Raquel era una bebita y había pasado una mala noche), entonces soñé que veía a la Virgen María, era solamente su imagen, estaba de pie frente a mí, inmensa, irradiando una luz muy hermosa y cálida. Esto duró algunos segundos, cuando mucho un minuto, luego ya no estaba más la Virgen y en cambio apareció un ángel frente a mí, también muy alto, aunque no tanto como María, que también irradiaba una luz bella y acogedora pero nuevamente en menor intensidad que la de la Virgen, entonces dijo las siguientes palabras sin mover sus labios: "Nuestra Señora dice que hay que rezar por la paz del mundo". En ese mismo instante me desperté sobresaltada, tomé a Raquel en brazos sin saber qué era lo que estaba ocurriendo, sonó el teléfono y era Javier que me decía que prendiera la televisión en ese momento, que un avión había chocado contra las Torres Gemelas de Nueva York. Yo encendí la televisión justo en el momento en que el segundo avión se estrellaba contra la segunda torre. Siempre que hablo de este sueño no puedo evitar tener que enjugarme una lágrima o dos. Esa noche terminé en la sala de emergencias tratando de que alguien me recetara algo contra la gastritis aguda que me había dado, una verdadera tontería comparado con lo que tantas familias estaban viviendo, yo, con mi gastritis, dormiría esa noche sabiendo que mi familia que vivía en Estados Unidos estaba bien y a salvo y con mi esposo a mi lado y nuestros pequeños hijos durmiendo tranquilos y serenos a unos pocos metros de nuestra habitación. ¡Éramos inmensamente afortunados!

El otro sueño fue uno que en realidad ocurrió antes que el del once de septiembre, fue cuando Vicente era un bebé y Raquel todavía no había nacido, en ese sueño, Vicente y yo navegábamos en una embarcación muy precaria, una especie de canoa donde íbamos sentados en fila, solos en el medio del mar, mi ex esposo remaba y a mí se me caían los zapatitos de Vicente en el agua, la mamá de Javier, que también estaba con nosotros en ese bote, lograba sacarlos antes de que se hundieran, pero mi angustia venía de que, por alguna razón, el hecho de que sus zapatitos cayeran en el agua implicaba que él estaba en peligro y además el agua era marrón, era como un mar de lodo y si uno miraba con detenimiento, veía miles y miles de cadáveres humanos, todos con actitud de quien suplica un auxilio que jamás llegó, todos tenían esa expresión de terror petrificada en sus rostros sin vida. A los pocos días ocurrió un desastre natural en mi país a causa de las fuertes lluvias, la mala planificación, problemas de infraestructura, corrupción, la ausencia total de valores, bueno, es largo, y sé que pude haberlo dejado en "a causa de las fuertes lluvias" y estaría diciendo la verdad, pero sería irresponsable y más aún, indolente de mi parte si dejara por fuera el factor humano que fue tan, o quizás hasta más responsable de todo lo que ocurrió, que la misma naturaleza. Gran parte de una montaña se desprendió y al venirse abajo arrastró consigo todo lo que encontró a su paso, autos, hoteles, escuelas, edificios, casas, calles, locales comerciales, todo, absolutamente todo. Mucha gente murió en esa tragedia, miles y miles perecieron y muchas de esas personas jamás fueron encontradas, el mar se las tragó aquella nefasta noche de diciembre. La Tragedia de Vargas, la llamaron, ignoro si ese sea el nombre oficial, pero todo el que entonces contaba con edad suficiente para acordarse, sabe de qué le están hablando cuando mencionan esa frase. Dentro de la pena tan profunda que sentía en ese momento, me preguntaba por qué había recibido yo ese mensaje, si, no solamente no habría podido descifrar que se trataba específicamente de esa localidad, ese día, a esa hora, sino que aun si lo hubiera podido hacer, ¿cómo habría hecho para evitarlo, o para advertir a la gente y quizás así ayudar a salvar las vidas de algunos? Hubiera sido imposible para mí, simplemente imposible, y si no era un mensaje para prevenir a las víctimas, entonces, ¿por qué, para qué había recibido ese mensaje? Hasta el día de hoy no tengo respuesta a esas interrogantes. Hay tanto que no conocemos, tanto que no comprendemos. Sé que la familia de Javier planificaba un viaje alrededor de esa fecha, su hermana se casaba en Cuba y yo me negué rotundamente a ir porque estaba convencida de que de algún modo ese sueño quería advertirme que Vicente, Javier y yo corríamos peligro, sobre todo Vicente, por lo de los zapatitos. Han pasado muchos años y ya no recuerdo bien los detalles, pero sé que todo esto coincidió con el avión de Cubana de Aviación que se estrelló en el aeropuerto de Valencia, el mismo desde el que debía salir la mamá de Javier rumbo a La Habana, quiero decir, mismo avión y mismo aeropuerto.

Ambos sueños pronosticaban tragedias que, si bien fueron muy distintas una de la otra, no dejan de ser tragedias. Eran sueños premonitorios, pero no me habían sido revelados con algún fin altruista, no sé, a lo Nostradamus, vamos a decir; no ocurrieron con suficiente antelación, no contenían suficientes detalles como para que yo pudiera hacer algo con esa información que pudiera de alguna forma alterar el curso de estos eventos, aunque en cierta forma el sueño del ángel es de trascendencia, y esto fue algo que comprendí mucho tiempo después, porque yo siempre pensé que tenía que ver directamente con el ataque terrorista cuando en realidad no se trataba de ese evento en específico. El mensaje no puede estar más claro, "la Virgen pide que recemos por la paz del mundo", dijo el ángel, y ese es exactamente el mensaje, que recemos por la paz del mundo. Yo lo llevaría un paso más allá y diría que deberíamos trabajar activamente y sin descanso por la paz del mundo, pero bueno, vamos a dejarlo en "rezar la paz del mundo". Ese era el mensaje. Para mí el hecho de habérmelo enviado el 9/11 es algo así como una de esas vallas que hay en la autopista, donde sale un carro que ha quedado convertido en chatarra y abajo dice algo sobre conducir en estado de ebriedad, o como aquella campaña en contra del cigarrillo que mostraba a un hombre literalmente verde y con cáncer diciendo que había fumado toda su vida. El otro sueño era mucho más personal, sin lugar a dudas, a pesar de que empleó el mismo método, por llamarlo de alguna forma, de enlazar una catástrofe que yo iba a sentir muy cercana a mí, con el mensaje en sí. Esta vez no era un mensaje para difundir dondequiera que vaya, como el de la paz del mundo, esta vez era un mensaje personal: "no te vayas de viaje".

Pero no todo es tan dramático, también hay sueños bonitos y premoniciones agradables. De hecho, hay sueños hermosos que contaré más adelante. Para dar un ejemplo, me pasa algo curioso con los embarazos: a mis amigas las llamo yo para preguntarles si están embarazadas antes de que ellas si quiera sospechen que lo están. ¡Y siempre están! Recuerdo cuando estaba casada con Javier y Alba aún no había nacido, las esposas de sus socios jugaban conmigo y me preguntaban de vez en cuando si no había tenido algún presentimiento de que alguna de ellas estaba embarazada, o a veces me decían que por favor, por lo que más quisiera, no les fuera a decir que lo estaban. Para hacerlo todo más divertido aún, a eso de las doce semanas sueño el sexo del bebé y siempre, siempre acierto. Esos son sueños y premoniciones que en verdad disfruto mucho, un hijo siempre es una bendición, aun cuando las condiciones no sean las ideales. Un hijo es un regalo de Dios, siempre.

Yo pertenezco a un grupo de mamás, un grupo en internet -aunque muchas hemos tenido la oportunidad de conocernos en persona-, desde que estaba embarazada de Alba. Siendo tantas, ha pasado algunas veces que una de ellas nos anuncia que está embarazada y yo no lo "siento". Y sé que lo va a perder, y tristemente lo pierde. Jamás se lo digo, por supuesto, jamás se me ocurriría decirle algo tan terrible a una persona. Además, yo no soy infalible. Cuando no "siento" ese embarazo la felicito igual y le deseo lo mejor, y espero de corazón estar equivocada. Es muy delicado. Otra cosa que es muy delicada es cuando esa mamá u otra mujer a la que le ha costado salir embarazada o ha tenido muchas pérdidas, de pronto siento que está embarazada. Es sumamente delicado decirle que tengo el presentimiento de que lo está. A veces, la mayoría de las veces, simplemente no digo nada, se lo cuento a Javier, que las conoce, a algunas, y que ha escuchado hablar de ellas por años. De verdad dan muchas ganas de decirle que corra a la farmacia a comprarse una prueba, que está embarazada de nuevo y este bebé no lo va a perder, pero como ya dije, yo no soy infalible y no me puedo arriesgar a herir a alguien -que de paso aprecio-, de esa manera, así sea por tratar de darle una buena noticia lo antes posible.

En cuanto a mis propios embarazos, esos también los presentí con varios días de antelación, antes de tener ningún síntoma, y a mí los embarazos me caen como si me diera cólera por doce semanas seguidas. Antes de la primera falta y sin duda antes de poder hacerme una prueba, ya yo sé que estoy embarazada. El más interesante en este sentido fue el de Alba Teresa porque fue un embarazo sorpresa, y de paso venía en uno de los peores momentos que nos tocó atravesar a Javier y a mí desde todo punto de vista, así que yo me dediqué a ignorar deliberadamente esa certeza que tenía de estar embarazada y trataba a toda costa de no estresarme con esa idea para no

retrasar mi menstruación, entonces algo que no me pasó
con los otros dos, ocurrió: soñé que caminaba por las calles
de Caracas (yo ya llevaba un par de años viviendo en
Estados Unidos) e iba de iglesia en iglesia con una bebita en
brazos. En una de esas iglesias, aún de rodillas, decido ver
la carita de mi bebé y digo: "pero esta bebita no puede ser
Raquel, no es su misma carita y además Raquel tiene dos
años..." Yo nunca había soñado los embarazos, los
presentía mas no los soñaba y en este caso, además, me
decían el sexo del bebé, todo en uno. Esa noche cuando
Javier llegó a casa me hice la prueba, aunque ya sabíamos
que saldría positiva y que sería una nenita.

Aun después de tantos años yo todavía no tengo claro por qué Javier y yo teníamos como destino casarnos y tener esos tres hermosos, maravillosos hijos que tenemos. Por ellos, quizás, pero yo creo que sus almas se habrían encarnado para venir a cumplir con su destino así hubieran tenido otro papá u otra mamá. El caso de Vicente, por ejemplo, está claro que vendría como mi hijo de nuevo en esta vida, y pienso -y esto son conjeturas mías, por supuesto-, que habría venido como mi hijo aunque su papá no fuera Javier. Bueno, digamos que los hijos es uno de los motivos, pero creo que siempre hay algo más y ese otro aspecto es el que yo aún no logro descifrar. Para ser sincera no es un tema al que le dedique mucho tiempo que se diga, pero de vez en cuando me quedo pensando y es extraño que para ser alguien que vivió tantos años a mi lado y que compartió conmigo en un nivel tan profundo como el que le es inherente a un matrimonio, siga siendo una incógnita para mí cuál era ese otro motivo por el que nuestras vidas se unieron. Con otra gente ha sido tan evidente, ha estado tan claro, y sin embargo con Javier no consigo la respuesta. Quizás este no sea el momento para recibir esa respuesta, es de lo que hablaba al comienzo cuando comentaba que esta historia no puede ser lineal porque casi nada en esta vida lo es, este es un gran ejemplo de eso, yo aún no sé por qué mi destino y el de Javier se unieron en determinado punto, este no es el momento en que debo saberlo, lo sabré cuando lo tenga que saber, algo sucederá que me hará comprender esto que ahora es una incógnita para mí.

Arriba dije "destino" y no fue un descuido de mi parte, lo dije con intención y convicción. La mejor explicación que yo he escuchado para la consabida disyuntiva entre destino y libre albedrío vino de parte de nada más y nada menos que Forrest Gump. Por un lado, Lieutenant Dan le dice a Forrest que debió haberlo dejado en esa jungla en Vietnam donde fueron emboscados y bombardeados, que era su destino morir como un héroe de guerra y que el haberlo rescatado truncó eso que debía suceder, eso por lo que él estaba en este mundo, esa misión de vida. Por otro lado, la mamá de Forrest, Mrs. Gump, en su lecho de muerte, trata de explicarle a su hijo lo más claro posible un conflicto existencialista tan complejo como es por qué morimos, por qué nacemos, qué hacemos en esta vida, con esa brillante sencillez que solo Mrs. Gump tiene para explicarle las cosas a su hijo y reconfortarlo al mismo tiempo; Forrest le pregunta por qué va a morir, y ella le responde que morir es algo que todos estamos destinados a hacer, que ella no lo sabía, pero estaba destinada a ser su mamá, y que ella cree que cada quien hace su propio destino. Forrest le pregunta entonces que cuál es su destino y Mrs. Gump le responde que eso es algo que él tendrá que descifrar por sí mismo, para luego cerrar con su célebre frase "Life is like a box of chocolates..." Es más adelante, cuando Forrest le habla a Jenny en su tumba y expone su punto de vista, cuando aparece la que para mí es la mejor interpretación que se le puede dar a este dilema, cuando Forrest le dice a Jenny que no sabe cuál de los dos, si es el Lieutenant Dan o su mamá quien estaba en lo correcto, si todo está predestinado o si vamos como flotando a la deriva, pero que quizás es un poco de ambos, quizás ambos ocurren al mismo tiempo. Creo que en el fondo todos intuimos en algún nivel que el destino existe. Si lo vemos con detenimiento, en realidad Mrs. Gump le dice a su hijo que ella no lo sabía pero estaba destinada a ser su mamá, o sea que el destino existe, y luego le dice que cada uno hace su propio destino, es decir, que las decisiones que tomamos influyen en cómo se desarrolla nuestra vida. Mrs. Gump dijo dos verdades, una, hay un destino, algo que ya viene planificado para nosotros y dos, tenemos libertad para elegir qué hacer con nuestras vidas.

Para mí todos tenemos un destino, todos y cada

uno de nosotros antes de encarnar decidimos qué vendremos a aprender en esta vida, qué venimos a enseñar, qué venimos a dar, qué venimos a hacer, quiénes vendrán con nosotros para acompañarnos en la vida que nos toca, qué errores vamos a enmendar, cuál va a ser nuestra misión, cuál va a ser nuestro destino. El libre albedrío es la vía, es el método que una vez aquí elegimos para llegar a ese destino, son los recursos que empleamos para poder cumplir con nuestro destino.

El destino es como planificar un viaje: antes de encarnar decidimos de dónde a dónde iremos, vamos a suponer, de Caracas a Maracaibo, ese es nuestro destino, el libre albedrío es cómo vamos a hacer para salir de Caracas y llegar a Maracaibo. Lo podemos hacer en autobús, en avión, en tren, a pie, en burro, en patineta, como nosotros queramos, ese es nuestro libre albedrío, la elección de cómo vamos a llegar a nuestro destino. El libre albedrío nos deja llegar a Maracaibo y cumplir nuestro destino como a nosotros mejor nos parezca, podemos distraernos todo el camino y hacer todas las paradas que se nos ocurran, podemos tratar de desviarnos, podemos ponerle trampas e intentar sabotear el viaje entero, pero siempre, siempre, la vida se encargará de hacer que pasen cosas que nos devuelvan al camino que nos toca recorrer para que podamos cumplir nuestro destino, para que podamos lograr esos objetivos; la vida se va a encargar siempre de hacernos vivir esos momentos que nos van a llevar a ese aprendizaje. ¿Usted nunca ha escuchado eso de tropezar dos veces con la misma piedra? ¿Nunca se ha preguntado por qué comete los mismos errores y repite los mismos patrones una y otra vez? Hay algo que aún no ha aprendido, hay un objetivo que vino a cumplir que no ha cumplido y por eso las situaciones se repiten y se repiten y se repiten. Nada es fortuito, siempre hay una razón. Y tiene sentido que destino y libre albedrío funcionen de esta manera, porque nadie se va a recorrer el Amazonas o a explorar el Gran Cañón sin un mapa o una brújula, sin guía de ningún tipo, como mínimo sabe ver al cielo decir "esta es la Osa Mayor, esta es la Osa Menor, este es el norte, este es el sur", hasta Cocodrilo Dundee sabía qué hora era cuando miraba el sol. El destino es ese mapa, esa brújula, esa guía que tenemos para recorrer esta vida, es ese plan que trazamos antes de venir para tratar de sacarle el mayor provecho posible a este viaje.

Supongo que debe haber una manera de desafiar al destino y desviarse de tal modo del objetivo que teníamos trazado antes de venir acá que uno acabe haciendo algo completamente distinto a lo planificado, aunque no creo que las consecuencias sean positivas en absoluto, creo que algo así solo crea conflicto en la propia vida y en las vidas de aquellos a quienes nuestras decisiones afecten tanto directa como indirectamente, y además creo que crea karma del "malo", creo que es un retroceso. Mi relación con alguien de quien aún no he hablado aquí me puso a pensar en esto un día, me hizo preguntarme si tenía algún mérito amar a alguien porque así estaba predestinado y qué tanto de elección propia había entonces de mi parte. A lo mejor debería aprovechar este momento para comenzar a hablar de él, hasta ahora no sabía bien cómo iba a llegar al tema, es que algunas historias como que no se dejan contar, como que se hacen de rogar para ser contadas y es como si las palabras se escondieran o no sé, salieran huyendo, escurridizas, para no dejarse atrapar en párrafos, hasta que un día así sin más, sin previo aviso y sin mucha fanfarria todo comienza a fluir y las ideas salen a raudales, más rápido de lo que mis dedos son capaces bailar sobre este teclado. En este caso he aquí que, una vez más, ha quedado comprobado lo que tan sabiamente nos dijo Sabato en alguna parte de "Abaddón, el Exterminador". En realidad en mi caso Sabato tenía razón en Abaddón por dos motivos, el primero, el que mencionaba arriba, es el del tema eligiendo ser escrito y no el escritor eligiendo el tema, el segundo, el de escribir para eternizar algo. Pero yo, esto de dejar que el tema llegue solo, es algo que ya había aprendido hacía tiempo, cualquier intento por escribir algo que no salga solo, que no fluya por su cauce natural, es nulo, y cualquier intento de forzar el proceso es inútil y además produce resultados en verdad patéticos. Yo sabía que el momento de hablar de él llegaría solo y cuando menos me lo esperara, solo tenía que dejar las ideas fluir, escribir sobre todas estas cosas que he venido contando y que eran un tema que me apremiaba y a la vez un preámbulo para hablar de él, para hablar de Elías. Y en cuanto a escribir para eternizar algo, bueno, yo escribo para eternizar un amor, así tal cual dijo Sabato, para eternizar esta historia, eternizar a Elías, eternizarnos a nosotros, no sé, supongo que "por cábala lo digo y por las dudas lo canto", como decía Benedetti.

Elías era, es, Elías es como George Harrison. Una vez, hace un montón de años, tomamos un quiz tonto en Facebook que se suponía determinaba qué Beatle era uno, según, yo soy John Lennon, Elías es Paul, pero no es cierto, Elías es George, lo que pasa es que Elías parece Paul a primera vista por su naturaleza juguetona y pícara, e incluso más allá de las primeras impresiones, Elías proyecta un McCartney ante el mundo, no porque esté aparentando algo que no es -¡jamás he conocido a alguien más auténtico que Elías en mi vida!-, Elías no tiene poses, no tiene fachadas, él es quien es y listo, lo que pasa es que, como dije hace un momento, ese lado Paul que refleja ante el mundo no es sino una parte inherente a esa alegría y ese optimismo tan característicos de Elías, mas en el fondo es un verdadero Harrison, lo que sucede es que casi nadie tiene la oportunidad de conocer ese lado suyo, y es que Elías es un hombre inteligente, privado y discreto, de los que prefieren escuchar antes que hablar, es profundo (aunque él diga que no), es dulce, muy dulce, igual que George, de una dulzura que sale más allá de él mismo, que no se puede contener y que se derrama, se vierte y va regando todo lo que toca, todo lo que mira, todo lo que hace y dice y piensa y crea, todo se contagia de esa dulzura única que es tan pura, tan de verdad; y es reservado y pacífico y va por la vida siendo siempre él mismo así al mundo no le cuadre, siempre dispuesto a tender una mano a quien lo necesite pero sin dejarse pisar y sin tratar de hacerle daño a nadie, y todo esto sin un ápice de vanagloria, sin dejar jamás que los humos se le suban a la cabeza, porque es que, en realidad, ni siquiera se da cuenta de toda la grandeza y la nobleza de su alma y él piensa que es un tipo normal que no se mete con nadie y que disfruta de las cosas sencillas de la vida y eso es todo. Así son los dos. Elías, como George, tiene ese aire de niño perdido en una feria, esa mirada de niño que pide ser rescatado a gritos sin decir una palabra y que en el momento en que uno lo toma en brazos se da cuenta de que es él quien lo acaba de rescatar a uno y no a la inversa. Y por supuesto también tiene ese temperamento de Monte Vesubio, tal cual George Harrison, cuando siente que lo estoy atacando injustamente o que le reclamo por algo que él no ha hecho. Pero si usted lo llegara a conocer, lo más seguro es que solo vea su lado McCartney y debo advertirle que no vale la pena luchar contra esa sonrisa, Elías se lo va a meter en un bolsillo sin que a usted le dé chance a reaccionar, para cuando se dé cuenta ya será demasiado tarde, estará embelesado por el carisma de Elías, preguntándose qué será ese "algo" que tiene él que no le ha conocido a nadie más en esta vida.

Sé que todo esto ha sido como un montón de

información toda junta y toda mezclada, pero es que en el fondo así es esta historia, todo está relacionado, todo está conectado y a veces parece que todo está pasando al mismo tiempo. Aquí, voy a intentar un imposible, voy a tratar de explicar mi relación con Elías. Un día, cuando Alba Teresa tenía cuatro añitos, me dijo: "mami, explícame el Espíritu Santo". Explicar esto va a ser todavía más difícil que responderle esa pregunta a mi hija. Desde el comienzo: yo conocí a Elías cuando era una adolescente, tenía apenas quince años, él, diecisiete. En ese entonces yo había perdido contacto con un muchacho que una vez, en una fiesta, me dio un beso. Yo ya no vivía en la misma ciudad donde lo había conocido, pero iba frecuentemente de vacaciones y en días feriados, porque tenía familia allá. Habían pasado dos años de eso, él se acababa de graduar del colegio y yo me había enterado de que se iba a mudar a la capital, muy cerca de donde yo vivía y que estudiaría en una universidad que estaba prácticamente al lado de mi casa. Este muchacho era agradable y muy inteligente, pero tenía un ego del tamaño de un mamut, lo cual lo hacía difícil de tratar y difícil de soportar la mayor parte del tiempo, pero para incomprendidos, yo, y además, algo me decía que debía tratar de contactarlo; para esta tarea yo tenía varias opciones, pero la que me pareció mejor de todas fue hablar con mi mejor amiga de aquel entonces, que había estudiado con él durante años, porque lo más seguro era que ella tuviera su número de teléfono y si no, alguien más de su salón tenía que tenerlo, y eso fue exactamente lo que sucedió, ella no lo tenía, pero tenía el número de otro muchacho de su salón que por casualidad de esta vida era el mejor amigo del chico ego de mastodonte, por casualidad de esta vida también se iba a vivir a la capital y por casualidad de esta vida vivía en el mismo complejo residencial que mi familia, el mismo en el que yo había vivido durante los pasados tres años, es decir, que por casualidad de esta vida habíamos sido vecinos durante todo ese tiempo y en ese mismo instante lo estábamos siendo. Y había estudiado con mi mejor amiga todos los años del mundo, por casualidad de esta vida. Pero las casualidades no existen, ¿cierto?

Por un momento que no duró casi nada, me pregunté qué pensaría este muchacho cuando yo le explicara desde el otro lado del auricular que él no me conocía, pero que lo llamaba porque andaba buscando el teléfono de Woolly y me habían asegurado que él me lo podría dar. Lo peor que podía pasar era que pensara que estaba loca, cosa que no me preocupaba en lo absoluto, aunque en el fondo pensaba que si era en verdad el mejor amigo de este chico que yo andaba buscando, estaría acostumbrado a tratar con gente inusual, por lo que seguramente mi llamada no le sorprendería en lo más mínimo. A lo mejor también era otro incomprendido como yo, que, a decir verdad, en la adolescencia, incomprendidos somos todos, ya sea de facto o imaginariamente, pero yo era (y soy) un poco más rara que el resto de la gente, quizás este muchacho también era un poco raro a su manera y entre raros a veces nos entendemos. Lo llamé, pero no estaba. Yo no lo sabía entonces, pero ese sería el inicio de una larga amistad telefónica con dos de sus hermanas, con una más que con la otra, en realidad. Lo volví a llamar a la hora en que me dijeron que lo volviera a llamar y todavía no estaba, entonces otra amiga mía que también era mi vecina y que había estudiado conmigo en el colegio cuando yo vivía en aquella ciudad, me propuso ir a buscarlo a la puerta de su apartamento. La idea no me parecía mala, sí era de más loca todavía irlo a buscar hasta su casa, pero eso seguía sin importarme demasiado, la cuestión era cómo averiguar en qué torre, en qué piso y en qué apartamento vivía este chico, fue entonces cuando mi amiga dijo "ay, yo sí sé", dejándome con la boca abierta porque hasta ese momento yo estaba creyendo que ella, al igual que yo, no tenía idea de quién era este tal Elías; mi amiga me miró con

cara de incredulidad -cara de "m'hija, ¿cómo no vas a
saber?"-, y procedió a explicarme lenta y pacientemente que
Elías vivía en el mismo edificio que otra amiga nuestra que
también había estudiado con nosotras, el mismo edificio
donde vivía su novio, y que ella lo conocía de vista y si ella
lo conocía de vista yo tenía que haberlo visto a juro y
porque sí. Todavía no había cerrado la boca cuando mi
amiga me tomó del brazo y me haló en dirección a la casa
de Elías, y en ese momento yo todavía no había tenido
tiempo de analizar con calma todo lo que estaba pasando,
cómo de pronto aparecían todas estas personas que lo
conocían a él y que me conocían a mí y toda esta serie de
eventos que parecían conspirar para hacer que este
encuentro se llevara a cabo a como diera lugar: estaban mi
mejor amiga que había estudiado con él, mis dos amigas
del colegio, una, la que vivía en el mismo edificio que él y
la otra, la que fue conmigo a buscarlo en su casa y cuyo
novio vivía también en ese edificio, el chico ego de
paquidermo y algo que yo no sabía en ese momento pero
que supe muy pronto, y era que mi primito y su hermanita,
la menor, habían estudiado en el mismo salón; y este
muchacho se mudaba a la misma ciudad donde yo vivía y
había sido mi vecino por mucho tiempo, por años, y
cuántas veces no nos habríamos visto en alguna de las áreas
comunes de donde vivíamos, o en alguna fiesta de
cumpleaños de nuestra amiga en común, o en su colegio en
aquellas ocasiones en que pasé por ahí a la hora de salida.
Yo no lo sabía en ese momento, pero la vida conspiraba
para que Elías y yo nos conociéramos, o más bien, nos
reencontráramos; la vida estaba encargándose de que
pasaran cosas para que Elías y yo convergiéramos en el
camino que nos tocaba recorrer, para que lográramos los
objetivos que nos habíamos planteado para esta
encarnación, para que cumpliéramos con nuestro destino; y
todas estas personas parecía como si hubieran entrado en
nuestras vidas como con una misión específica, como si el

único objetivo de su interacción con nosotros fuera el de hacer de intermediarios, de facilitadores para que ese plan, ese destino se pueda llevar a cabo. Yo no sé si su participación en nuestro reencuentro es algo que decidimos en conjunto antes de venir, yo no sé si todas estas personas decidieron antes de venir que cuando el momento llegara ellas estarían ahí para ayudarnos a reencontrarnos, para asegurarse de que así fuera, o si es Dios quien va haciendo pequeños ajustes y designa gente a nuestro alrededor para que todo esto pueda suceder, yo me inclino más por la primera opción y me conmueve profundamente el regalo tan hermoso que nos han hecho, pero ya sea una cuestión de decisión propia o como herramientas del Señor, guardo un cariño muy especial por cada una de estas personas, pues su presencia y su influencia hizo posible que Elías y yo nos reencontráramos en esta vida.

Paradas frente a la puerta de la casa de Elías, mi amiga y yo esperamos que alguien viniera a abrirnos. No voy a decir que cuando Elías por fin apareció frente a mí por primera vez me enamoré de él perdidamente porque eso no sucedió así, yo sé exactamente el momento en el que me enamoré de él, o mejor dicho, los momentos en que me he enamorado de Elías, porque esta historia es larga y tiene muchas etapas y yo siento que de Elías me he enamorado en cada una de ellas, siempre de forma distinta, más madura y más profunda cada vez; lo que sí sucedió cuando su hermana fue a llamarlo para que nos recibiera en la puerta fue algo un poco difícil de explicar con palabras, fue algo similar a lo que conté sobre mis amigas del colegio, las que al verlas por primera vez supe que eran seres con quienes tenía una conexión muy profunda y que significarían mucho para mí. Algo así pasó cuando vi a Elías por primera vez, sentí como si lo conociera de toda la vida y llevara muchos años sin verlo y sin saber de él y por fin nos volvíamos a encontrar, como si no me acordara de él hasta entonces y de pronto al verlo lo hubiera reconocido, sentí un nexo muy, muy fuerte, mil veces más fuerte que aquel con mis amiguitas y tuve ganas de abrazarlo y decirle "te quiero, me hiciste mucha falta", pero yo tenía casi dieciséis y ya a esa edad había aprendido a no soltarle esas cosas así a la gente porque casi nadie sabe cómo manejar eso.

El verano entero fue una mezcla entre sorpresa y emoción cada vez que Elías iba a buscarme a mi casa o me llamaba para que fuéramos al parque a conversar. Elías me mantenía en un estado perpetuo de desconcierto y algo de zozobra, a decir verdad; cada vez que yo sentía que comenzaba a intuirlo me cambiaba la seña y yo no podía entender qué era lo que estaba pasando, era como si se fuera acercando a mí con cautela al comienzo, luego tomara impulso y estuviera muy cerca, bajara la guardia, me abriera las puertas y me dejara asomarme a su mundo, entrar en su mundo, dejar de ser espectadora para convertirme en parte de él, dejar de ser el que va al museo a ver el cuadro y en cambio ser el cuadro, y de repente algo lo hacía como entrar en estado de alerta y erigía un muro gigante e impenetrable entre nosotros, de pronto recogía todos sus carritos, sus muñequitos, se paraba y se iba corriendo y ya no jugaba más, y yo me quedaba sola del lado de afuera preguntándome qué había pasado y por qué Elías se iba y se llevaba todos los juguetes y ya no quería jugar más conmigo. Lo hizo durante veinte años, y ni en veinte años logré acostumbrarme, o por lo menos aprender a no dejarme afectar, de hecho, mientras más tiempo pasaba y más cerca estábamos y yo iba comprendiendo más nuestra relación, más me impactaba negativamente esa dinámica de Elías. No quiero decir con esto que él estuviera tratando de hacerme daño adrede, eso jamás, Elías nunca hizo nada con intenciones de herirme, son simplemente cosas que pasan. De todas maneras a los quince años no era un drama muy grande para mí, solo que me sacaba de mi zona de confort y yo sentía una necesidad muy fuerte de estar cerca de Elías y de que toda nuestra interacción fuera siempre armónica y no sabía por qué a veces reaccionaba de esa manera ni cómo hacer para que no sucediera más. Tampoco me dediqué a tratar de analizar la raíz de todo esto, primero porque no soy psicólogo, psiquiatra ni nada que se le parezca, y segundo porque no me sentía cómoda en ese plan, me parecía que ponerme a analizarlo era como si lo estuviera tratando de encasillar, de definir, de limitar. Elías es como es y es algo bueno. De todas maneras las respuestas llegaron solas a medida que nos íbamos conociendo más y más, a medida que estábamos más y más conectados. Elías es un hombre sensible e intuitivo, pero le gusta más su lado racional, se siente más cómodo manejándose en ese terreno y en realidad la mayoría de las personas se sienten más seguras cuando se manejan en ese ámbito; yo, en cambio, llevaba toda mi vida experimentando en mayor o menor grado todo ese mundo extrasensorial, esa cosa que nadie puede tocar y que nadie sabe cómo explicar bien y con todo y eso muchas cosas que me pasaban me seguían sorprendiendo, sacándome de mi zona cómoda, el mejor ejemplo era lo que me pasaba con Elías, y si yo me sentía así, con todo este, digamos, entrenamiento, este bagaje, esta experiencia, qué quedaría entonces para mi Elías, que se enfrentaba a todas estas cosas por primera vez.

Las vacaciones largas (las que serían de verano, si en mi país hubieran cuatro estaciones), estaban por terminar, Elías estaba a punto de irse a vivir a Caracas, yo estaba a punto de regresar también y en cuanto a su amigo, el del ego desmedido, yo no sabía qué era de su vida y en realidad ni me acordaba de su existencia. Mi amiga, la que estudió con Elías, había organizado una reunión de despedida para él y otra amiga de ellos que también se iba; desde el otro lado del muro más reciente que Elías acababa de erigir me dijo: "¿Vas a ir a la fiesta? Si tú no vas, yo tampoco voy". ¡Este muro no había durado nada en pie! Yo lo miré muy sorprendida y le dije: "Pero si es tu despedida, Elías, ¿cómo no vas a ir?". "Así, no voy y listo; voy si vas tú y si no, no voy", fue la respuesta que me dio. No era en tono grosero, ni pedante, ni desafiante, ni nada feo, todo lo contrario, era en el tono más dulce que le había escuchado en la vida, bueno, "la vida" entonces eran dos meses, pero de alguna manera yo sentía que conocía a Elías desde muchísimo más tiempo que esos quince añitos de nada que tenía y esos dos meses que habían pasado desde que lo había ido a buscar a la puerta de su casa.

Mentiría si dijera que recuerdo cada momento de esa fiesta, para ser sincera, recuerdo muy poco de lo que pasó, o mejor dicho, recuerdo lo verdaderamente importante de esa reunión. Era ya un poco tarde, cerca de la madrugada, el ambiente se había calmado, los que quedábamos estábamos más o menos cada quien por su lado, repartidos entre las sillas de la cocina y los muebles de la sala, no hablábamos mucho, la música sonaba y todo el mundo andaba como en una onda más bien relajada, un poco adormilados yo diría. Sonaba "Something[4]" y eso sí que lo recuerdo perfectamente, yo estaba parada junto a una mesa y Elías estaba frente a mí, estábamos solos; Elías me hablaba no sé de qué, no lo recuerdo, solo sé que estaba muy cerquita de mí y me miraba fijamente y yo tenía la respiración entrecortada y las manos heladas; no sé en verdad qué era lo que me decía Elías, para ser franca, ni siquiera estoy muy segura de que estuviera hablando, yo lo único que sé es que tenía el corazón que se me iba a salir del pecho y cuando estaba a punto de cerrar los ojos, segura de que Elías me iba a besar, moví la mano izquierda en el gesto más torpe de mi vida y tumbé un vaso con agua que estaba ahí puesto. Buscamos algunas servilletas en la cocina y Elías lo secó todo él solo mientras yo insistía en ayudarlo, después de todo había sido yo quien lo había derramado, pero Elías me repetía "yo lo hago, yo lo hago, no te vayas a ensuciar, yo lo hago". "¿A ensuciar de agua?", usted se preguntará, pero que fuera agua es lo mismo que fuera petróleo, no importa lo que fuera, Elías no me iba a dejar limpiarlo y punto. Agachados delante de la mesa, uno frente al otro, de nuevo estábamos muy cerquita, de nuevo sentía sobre mi rostro el aliento de Elías, dulce y suave y con algunas notas de alcohol, George iba por el último "I don't wanna leave her now, you know I believe and how", y entonces pensé que ahora sí me besaría, se quedó viéndome a los ojos un segundo, pero el momento había pasado, Elías no me besó esa noche.

Aunque muchas veces hemos bromeado acerca de todo lo que ocurrió, o más bien no ocurrió en esa velada, la verdad es que yo no cambiaría nada, porque aunque Elías no me besó, ese momento en el que estuve de pie frente a él tratando de adivinar si se decidiría a besarme, calculando el momento preciso para cerrar los ojos, allí, con su carita de niño bello de diecisiete años a cinco centímetros de la mía, supe que estaba enamorada de él, y no me da pena decirlo ni me parece absurdo solo porque éramos adolescentes, ahora, con veinte años más encima, continúo creyendo firmemente que eso era amor, amor de quince años, está bien, pero ¿qué otro tipo de amor se siente a los quince si no es amor de quince? Y si no hubiera tumbado el vaso Elías jamás habría tenido la oportunidad de tener ese gesto tan amable, tan caballero conmigo, ese niño que escuchaba rock y toda esa música cool que le gusta a él, que tenía planes de dejarse crecer el pelo -y los llevó a cabo-, ese niño que estaba a punto de comenzar la universidad, que le daban permiso para todo, ese niño que yo sentía tan cercano a mí, tan dentro de mí y al mismo tiempo tan inalcanzable porque vivía en un mundo muchas veces tan diferente al mío, ese niño me había dicho que venía a la fiesta solo por mí, ese niño estuvo a punto de besarme dos veces, aunque su timidez hubiera acabado por jugarle una mala pasada, ese niño cool me trataba como a una princesa y no me dejaba que moviera un dedo para limpiar ni recoger, él lo hacía por mí, lo hacía para mí, y si ya yo me había dado cuenta de que estaba enamorada de él, ese gesto me deshizo y sentí que en un lapso de tres minutos me había dado cuenta de que lo amaba y después, de que lo amaba todavía más.

Elías es mi alma gemela. Esto es algo que yo comencé a intuir siendo ya adultos y que me fue confirmado y reiterado una y otra vez por distintas personas, distintos medios y en distintas épocas. Bien, sé que hay muchos términos para este tipo de cosas, he leído definición tras definición, he leído términos como almas afines y en verdad la información disponible es vasta. Como no puedo saber cuál es la más acertada y francamente luego de tanta información quedé como Sócrates, decidí crear mi propia definición, aunque quizás coincida exactamente con alguna de las definiciones que ya otros hayan dado, pero eso es irrelevante, no es una cuestión de autoría, es una cuestión de cómo veo yo y cómo explico el nexo que hay entre Elías y yo. Como dije, Elías y yo somos almas gemelas; quizás una de las mejores explicaciones para esto nos la da nada más y nada menos que la Biblia, es la hartamente conocida metáfora de la creación de Eva a partir de una costilla de Adán. Yo creo firmemente que Dios nos creó a Elías y a mí -nuestro ser espiritual, se entiende- como uno solo, un solo ser, un sola alma, que luego dividió a la mitad para que cada una de esas mitades encarnara en un cuerpo. Elías y yo hemos encarnado juntos en muchas vidas, no tengo cómo afirmar que en todas, pero me gusta pensar que ha sido en todas, además, para mí tiene sentido que haya sido así, puesto que nuestras almas fueron creadas para estar juntas, para complementarse y yo creo firmemente que cada vez que encarnamos, aprendemos más y mejor y podemos desarrollarnos y crecer más y mejor si nuestra alma gemela está a nuestro lado compartiendo esta travesía. No se me ocurre un escenario donde alguno de los dos decidiera no encarnar con el otro, mucho más conociendo lo dura que puede llegar a ser la experiencia en este mundo tangible. Elías y yo siempre encarnamos como pareja, lo cual tiene absoluto sentido para mí puesto que somos almas creadas para encajar una en la otra perfectamente como dos piezas únicas de un rompecabezas. El Génesis dice Adán y Eva, no dice Adán y el compadre o Eva y su prima, dice Adán y Eva. Para mí está muy claro que las almas gemelas cuando están experimentando la vida terrena se complementan en forma de pareja. Esas otras personas que encarnan con nosotros y con quienes tenemos nexos muy fuertes, a veces inexplicables, son almas afines, y forman parte de un grupo de almas que suelen encarnar juntas en cada oportunidad que se nos da en esta tierra; son como una familia aunque esto no quiere decir que necesariamente estas almas encarnen como miembros de su familia en la vida terrena, yo me refiero a que el grupo de almas afines es como una familia de almas, para dar ejemplos personales, mis dos mejores amigas de toda la vida, que son como hermanas para mí, mi propio hijo Vicente -¿recuerda el sueño que conté cerca del comienzo?-, Javier, dos de mis primos, uno al que quiero como a un hermano y otro, un primo tercero o cuarto o algo así, que es mi confidente (y yo la suya).

Ahora bien, inevitablemente si yo afirmo que las almas gemelas encarnan como pareja, tengo que preguntarme qué sucede entonces con quienes viven en celibato, y pienso que se trata de una decisión tomada o bien antes de venir, que quizás por algún motivo sus almas gemelas no encarnaron con ellos en esta vida actual, o una decisión tomada una vez aquí, en cuyo caso el alma gemela de esa persona sí ha encarnado con ella pero por alguna razón no están juntos. Si se tratara de mí, estando consciente como lo estoy de que Elías es mi alma gemela, no hay nadie más en este mundo con quien yo querría estar, no solamente porque sé que nadie me va a llenar como lo hace Elías, por razones obvias, sino que si yo estoy con alguien más, estaría privando a esa persona de estar con su alma gemela, lo cual podría tornarse muy fácil y muy rápido en una cadena de gente que no está con quien debería estar, y en ambos casos sería muy injusto para todos.

Por cierto, pasaba algo muy peculiar y muy tierno con nosotros: Elías y yo teníamos la misma marca, un lunar de los que parecen una mancha, en el mismo sitio pero en piernas opuestas. Esa era nuestra marca de identificación, una manera de reconocernos una vez aquí, entre las siete billones de personas que hay en este planeta, y como somos uno, una sola alma en dos cuerpos, a mí me tocaba llevar nuestra marca en una pierna y a Eli en la otra.

Que Elías y yo seamos almas gemelas no implica que nuestra relación sea fácil, pero las dificultades y los conflictos más que tratarse de algo intrínseco a nosotros como pareja, han sido más bien las circunstancias que nos rodean, las decisiones que hemos tomado, en palabras de Elías, "la situación"; tampoco quiero decir que seamos perfectos, seguimos siendo humanos y como a todo el mundo hay cosas del otro que a veces nos molestan.

Por muchos años nuestra relación consistió en hablarnos por teléfono todas las noches y vernos esporádicamente. Su mundo y el mío eran muy distintos, mi percepción era que el mundo de la universidad era deslumbrante para Elías, estaba lleno de actividades interesantes, gente interesante, ideas interesantes, mientras que yo era una niña de bachillerato a la que no le daban permiso para casi nada y mi mundo era sacar buenas notas, el taller de teatro después de clases, tratar de convencer a mi mamá de que me dejara inscribirme en Humanidades, e ir a "misa de monjas" a las seis de la mañana, todas las mañanas, que era una misa corta y diferente a la típica de los domingos, a la que asistían las monjas de mi colegio, unas cuatro o cinco mamás de otras niñas que vivían cerca y yo. Yo estudiaba de mañana, Elías de tarde, así que yo lo llamaba de noche y cuando alguno de sus hermanos le pasaba el teléfono y le decían (a veces se escuchaba) "es

Maite", el gafito de Elías me atendía gritando "Light my fire!5".

Elías y yo nunca fuimos novios, pero cuando nos veíamos nos tratábamos como si lo fuéramos. Para mí no era un drama muy grande, de alguna manera yo entendía y aceptaba esa diferencia entre su mundo y el mío y me daba cuenta de que estaba bien que no fuéramos novios en serio, yo podía quererlo sin poseerlo. Nunca más volví a tener esa capacidad de amar con tal desprendimiento y altruismo, el amor ahora es egoísta, quiere recibir y no solo dar, quiere atención, quiere presencia, quiere compromiso; yo ahora no soy capaz de amar a Elías sin quererlo conmigo, para mí, sin necesitar, sin querer y sin esperar que me también él me ame en la misma medida y con la misma intensidad con que lo amo yo, que quiera estar conmigo tanto como yo quiero estar con él. Pero de adolescentes las cosas eran distintas, Elías y yo nos vimos muy pocas veces y esas veces paseábamos tomados de la mano, hablábamos, nos reíamos, nos besábamos -¡por supuesto!- y tomábamos turnos uno sentado con la cabeza del otro apoyada en el regazo, acariciando suavemente el pelo y la frente. Con Elías nos escapamos un día del colegio una amiga mía y yo y nos encontramos con él en un centro comercial más o menos cerca (más menos que más), donde pasamos un par de horas paseando y hablando hasta que se hizo la hora de nosotras ir a comer antes de que comenzara el ensayo de teatro y Elías de irse a la universidad a sus clases. Otro día me convenció para faltar del todo al taller de teatro e irnos a un parque frente al colegio hasta que fuera la hora en que me fueran a buscar, y para evitar que pasara una monja y me viera acostada en la grama con la cabeza en las piernas de un muchacho melenudo y en uniforme del colegio y me diera el regaño de mi vida, volteé el suéter y me lo puse al revés y recé para que ninguna monja de las que me conocían, que eran bastantes, pasara por ahí y me reconociera. Este tipo de cosas no eran costumbre en mí, yo de verdad era una muchacha muy juiciosa, claro que hice mis travesuras típicas de adolescente -¡como estas!-, pero nada grave, y la verdad es que ir a pasear al centro comercial o al parque con Elías no era ningún agravio mayor, no es que estaba traficando drogas, pero como me hubieran descubierto me habría metido en un problema gigantesco.

No sé qué es, pero Elías tiene un encanto que hace que todo el mundo le diga que sí a lo que sea que a él se le ocurra pedir, lo he visto suceder hasta con desconocidos. En mi caso el encanto es todavía más fuerte, no puedo negarle nada, nunca he podido, no importa el riesgo que implique, no importa lo complicado que sea, si tengo que hacer magia, hago magia, pero lo complazco. Él está consciente de eso y jamás se ha aprovechado de ello, aunque alguna que otra vez cuando le ha costado convencerme un poco ha hecho despliegue de sus atributos, pero bueno, yo digo que si uno tiene un talento es para usarlo así que está bien, no me molesta porque no me está manipulando ni chantajeando.

Poco a poco Elías y yo nos fuimos alejando más y más hasta que perdimos contacto del todo. Su mundo y el mío continuaron en su distanciamiento vertiginoso y de tanto llamar a su casa y que nunca estuviera, terminé haciéndome amiga de sus hermanas, las mayores, que eran las que siempre me atendían el teléfono, y con quienes hablaba ahora casi todas las tardes, pero incluso con ellas también perdí contacto eventualmente, hasta que ya no supe nada más de Elías durante unos años, y cuando me conseguía a algún amigo o conocido en común, siempre le preguntaba por él, pero nadie nunca supo decirme qué era de su vida, supongo que esos amigos y conocidos en común, al igual que yo, también formaban parte del mundo pasado de Elías. En ese ínterin, que duró diez años aproximadamente, me casé, tuve hijos, me vine a vivir a los Estados Unidos, y Elías también se casó y también se vino a vivir para acá. Todos esos años continué preguntando a la gente que lo conocía si sabían algo de él, clara en que esta saga al mejor estilo de Ulises tratando de retornar a Ítaca era una búsqueda completamente fútil, pero jamás abandoné las esperanzas, hasta que un día tanta tenacidad dio frutos, cuando se me ocurrió enviar un mensaje privado a cuanto Elías Aristeguieta apareció en la búsqueda de contactos en Facebook y por alguna teoría de física cuántica, por destino o por milagro -o tal vez por las tres-, uno de esos era Elías era mi Elías, que respondió dulce y alegre como siempre, emocionado como yo por al fin habernos reencontrado. Como diría Gardel: "siempre se vuelve al primer amor."

Esta es la parte de mi relato en que estoy segura de que acabaré siendo más odiada que Yoko, porque cuando Elías y yo nos reencontramos, los dos estábamos casados. Mi matrimonio estaba en ruinas desde hacía mucho y andaba en su fase terminal, pero el de Elías no, aunque si me preguntan, yo no creo que ese matrimonio haya estado bien en ningún momento, o nada de lo que pasó habría ocurrido. Yo nunca busqué a Elías planeando ser su amante, dudo mucho que alguien se dedique a buscar a otro con esas intenciones, aunque quizás sí haya gente que lo haga, pero en fin, mi punto es que ese nunca fue mi objetivo. La verdad es que yo no sabía por qué buscaba a Elías con tanto afán, solo tenía claro que debía encontrarlo y cuando eso por fin ocurrió, fue algo parecido a lo que me pasó cuando lo vi por primera vez parado frente a la puerta de su casa, cuando sentí que quería abrazarlo y decirle que lo quería y que por fin lo había encontrado, solo que esta vez la sensación era por lo menos un millón de veces más intensa.

Aunque no estábamos casados, yo me sentía su esposa. No sentía que él me viera como su esposa, no era de él hacia mí, sino más bien de mí hacia él. Era un sentimiento y una certeza. Y no podía decírselo, pero yo sabía que él lo intuía, que me lo leía en los ojos. Si se lo hubiera dicho solo habría logrado hacerlo sentir presionado, incómodo, por eso prefería no decírselo, y sin embargo yo sentía que me estaba comunicando con él en algún nivel profundo, no sé, inconsciente, quizás. Había un Elías con el que me comunicaba en silencio, al que le hablaba con la mirada, ese que se asomaba como un niño curioso a la ventana ámbar-avellana de sus ojos. Con ese Elías hablaba, a ese Elías le podía decir que él era mi esposo, aunque él todavía no lo supiera, aunque no tuviéramos ningún papel firmado.

Yo siempre le di las gracias a Dios por todos los momentos que compartía con Elías. Me sentía algo idiota y eso también se lo contaba a Dios, sin pasar mucho rato en la descripción verbal de todo aquello porque después de todo, ¿quién conoce mejor mi corazón y mi espíritu que el Señor? No hacía falta detenerme a enumerar adjetivos, el Señor conoce lo que hay dentro de mí mejor que nadie, mejor que yo misma, incluso. Me sentía idiota porque sabía que estaba dando gracias por algo que en la lista moral de todos los seres humanos de todos los credos del planeta es seriamente reprochado, porque le daba las gracias a mi Dios cristiano, mi Dios católico, por ese momento de pecado puro, no diluido, pecado en su más perfecta expresión, pero acá debo hacer la salvedad de que para mí nada de mi relación con Elías era, ni será nunca algo malo, absolutamente nada. Sí, en la moral colectiva y en la religión en que me había criado y muy probablemente en la mayoría de las religiones esto estaba muy mal visto y no se aceptaba, pero no estábamos aquí respondiendo a instintos básicos, no estábamos acá por la emoción de lo prohibido y no estábamos en esto para satisfacer pasiones carnales, estábamos aquí porque nos amábamos, por destino y por elección, a pesar de que las circunstancias no fueran para nada ideales, y a lo largo de mi relación secreta con Elías, mucha gente muy elevada espiritualmente e incluso Javier, y vaya si eso era una ironía, me habían dicho muy sabiamente "¿tú quieres tener la razón o quieres ser feliz?". Estas personas -Javier incluido-, me habían hecho entender que aunque el mundo no entendiera, aunque el mundo señalara y reprochara y condenara, yo sí entendía y debía perdonarme a mí misma y ser consecuente con mis sentimientos y con lo que yo tenía claro que era mi verdad. También había dejado de tratar de darle explicaciones a Dios sobre mis razones para estar tumbada sobre mi costado en aquella cama, acariciándole el pelo y el torso a aquel hombre maravilloso y que para mí era un regalo que provenía directamente de Él, ese hombre que yo sentía profunda, irrefutablemente como mi esposo, aunque no lo fuera, y que dormía apaciblemente junto a mí. Él entendía. Y eso sí se lo decía: "yo sé que Tú me entiendes, Señor". La doctrina cristiana en la que me había criado se indignaba ante mi comportamiento, me miraba de soslayo y por encima del hombro, me reprochaba severamente todo aquello, principalmente la osadía de asumir que Dios podía no solo condonar sino lo que es peor, propiciar un pecado semejante. Que tuviera yo el descaro de. Pero esa era la doctrina en la que me había criado, esa era la sociedad, las que se indignaban, no Dios. Yo era Mateo, sentado en aquella mesa cobrando impuestos, y aunque el mundo entero no entendiera qué hacía yo ahí ni por qué lo hacía, aunque todos señalaran y condenaran, mi Señor conocía mi corazón, mi Señor entendía.

No quiero decir con esto que me sintiera feliz con

este papel de amante de un hombre casado que me tocaba representar, y digo "representar" porque para mí esto era circunstancial y no algo que me definía como persona. "La situación", como le decía Elías, estaba planteada en esos términos, por los menos por los momentos, y no había mucho que pudiéramos hacer que ya no hubiéramos intentado fallidamente. Ya habíamos intentado alejarnos uno del otro, muchas veces, y de cuando en cuando lo volvíamos a intentar, o mejor dicho, lo intentaba yo, creo que Elías ya había asimilado lo fútil que era tratar de estar separados. No me gustaba la situación, de hecho, odiaba la situación, mas no estaba en mis manos cambiarla, estaba en las de Elías pero todavía no era el momento, yo lo sabía y eso a veces ayudaba a sobrellevar todo esto, pero otras era simplemente humana y me sentía agotada, derrotada, sentía que iba a pasarme el resto de mi vida escondiéndome, que yo nunca sería más que la sombra que se colaba por la puerta trasera del patio de la casa de Elías, que yo nunca estaría en las fotos de los encuentros familiares, nunca me llamaría Maite Aristeguieta, nunca pasaría Navidades, cumpleaños, aniversarios con Elías, y entonces me empezaba a preguntar ¿qué hacíamos acá, por qué estábamos juntos? Me daban muchos celos, pero mis celos no estaban cargados de ira, no estaban envilecidos por algún sentimiento soez, mis celos eran la frustración de sentir que mi vida estaba como suspendida en una espera eterna, en este limbo, mientras otra persona ocupaba el lugar que en verdad me correspondía a mí, viviendo una vida que era mi vida; mis celos eran mirar a mi alrededor, ver aquel techo y aquellas paredes y saber que yo no era la señora de la casa, eran verme a mí misma tendida en una cama que no era nuestra, sino una cama para la gente que viene de visita, para aquellos que solo están de pasada, los que vienen y se van pero nunca se quedan. Mis celos eran las fotos colgadas de las paredes en donde en ninguna aparecía yo, o la lista del automercado pegada de un imán a la puerta de la nevera en una caligrafía que no era la mía. Mis celos eran la comida siempre recalentada en el microondas, traída desde otra cocina, preparada en otras ollas, sobre otras hornillas. No tenía ningún sentido contarle todo esto a Elías, me daba miedo que me dijera que él solo me causaba penas y tristeza y que así no tenía sentido que estuviéramos juntos. Mis celos eran esas pequeñas cosas que se le escapaban a Elías de vez en cuando y otras de las que yo tenía conocimiento por cosas de la vida, las cosas cotidianas, las que forman parte de la rutina de la vida normal de cualquier persona y que para mí eran una confirmación irrefutable de que él jamás estaría conmigo; todo eso que Elías estaría haciendo en estos momentos, como llamar a su esposa por teléfono desde el carro para preguntarle cómo había estado su día y si quería que llevara pan y leche a casa, podando un patio que no era mío, arreglando un jardín que no era nuestro, pagando una cuenta de luz o de agua que no era para nuestra casa, en fin, viviendo una vida que no compartía conmigo, todo eso me consumía por dentro.

Muchos años atrás, cuando apenas había pasado un año de habernos reencontrado, Elías se alejó de mí. Una mañana de febrero me dijo que estaba enamorado de su esposa y que no podíamos vernos más. Y desapareció. Yo de verdad pensé que me iba a morir. Si usted está pensando que eso no tiene sentido y no son más que exageraciones mías, quizás es porque usted es mucho más fuerte emocionalmente que yo, o tal vez usted nunca ha experimentado la pérdida de un amor tan grande y tan profundo como el que yo siento por Elías, o quizás nunca ha encontrado y luego perdido a su alma gemela, pero créame que sí se puede, por supuesto que se puede morir de amor, porque, para comenzar, no todas las muertes son físicas, aunque en mi caso yo no solo estaba muriendo emocional y espiritualmente, sino físicamente también, no comía, no dormía, lloraba constantemente, vivía como un zombi, sobrevivía, es el término más adecuado, y no sé muy bien cómo, por fotosíntesis, seguramente, perdí un montón de peso, vivía con una máscara nebulizadora porque el asma no se me quitaba, me peleé con Dios y me aislé del mundo. Creo que lo único que me mantuvo medianamente cuerda y consciente de que de alguna manera tenía que superar el dolor era mi responsabilidad con mis hijos, que todavía me necesitaban. Pasaban los meses, Elías seguía desaparecido, yo seguía mal, esa fue la época en que hice la regresión, y es interesante cómo luego de eso tantas cosas tuvieron sentido, quiero decir, por un lado la regresión en sí misma, haber visto mis vidas pasadas (algunas, no sé si esas sean todas, seguramente no), en cierto sentido me dio respuestas, aunque la verdad es que me pasó más como a los científicos que se lo pasan mandando telescopios al espacio sideral para que vayan a investigar planetas, estrellas, galaxias y demás cuerpos celestes y luego cuando los entrevistan y les preguntan que qué aprendieron, dicen que ahora tienen más preguntas que las que tenían hace un montón de años cuando lanzaron el telescopio; bueno, así más o menos quedé yo, aunque sí obtuve algunas respuestas, más bien validación, muchas cosas que yo sentía, que sabía de una manera no tradicional, sin poder darle una explicación lógica, quedaron validadas tras la regresión, y todo eso fue muy positivo, lo que no me esperaba era que, además, algunos sueños que había tenido en el pasado ahora tuvieran sentido gracias a este proceso, y lo que más me sorprendió de todo fue que la regresión y esta situación con Elías abrieran para mí un mundo de señales que yo antes no recibía o quizás sí recibía pero no reconocía. Yo tengo un amigo con quien tengo muy poco contacto, él es de los que piensan que las señales siempre están ahí, solo que nosotros elegimos no verlas, o no las reconocemos porque no pensamos que el universo, Dios, nuestros guías espirituales, los ángeles, nos estén enviando señales, cuando en realidad ellos están constantemente tratando de comunicarse con nosotros. Él es una persona muy espiritual, por eso yo quería saber si él pensaba que eso que uno cree que son señales en verdad lo son, o si más bien no se trata de uno engañándose a sí mismo, tratando de encontrar validación en lo que quiere creer. Sobre esto yo de verdad no sé qué creer, por un lado las señales me parecen irrefutables, y cuando estoy más segura que nunca, sale Elías con su balde de realidad a empaparme la ilusión, yo todavía "guardo escondida una esperanza humilde, que es toda la fortuna de mi corazón[6]", lo que no sé es por cuánto tiempo más.

Cuando yo era adolescente, tendría unos dieciséis o diecisiete años, soñé que en las escaleras del edificio donde había vivido hacía un par de años, estaba un niño, un muchacho, no sé bien, me cuesta un poco calcularle la edad, más o menos de doce o trece años, creo yo. Este muchacho me esperaba en el descanso de las escaleras y yo me sentaba a conversar con él. No recuerdo bien de qué hablábamos, solo sé que cuando ya estaba a punto de irse y yo sentí que estaba a punto de despertarme, le dije que cómo haría para volver a verlo, para volver a hablar con él. Él sonrió y me dijo que él siempre estaba conmigo, que yo podía hablarle cuando quisiera y que si lo necesitaba, solo tenía que llamarlo. Entonces le dije que no sabría cómo llamarlo porque no sabía su nombre, a lo que el muchacho respondió sonriendo que sí lo sabía, que lo había sabido siempre, aunque el nombre en verdad no era muy importante, era más una herramienta para mí. Yo me quedé pensando un segundo y dije "¿Tú eres John?". John sonrió y desapareció y yo me desperté. Hacía un tiempo yo había estado tratando de contactar a mi guía espiritual. Primero comencé tratando de contactar a mi ángel de la guarda, porque yo una vez tuve un noviecito de esos que me duraron un mes cuando mucho, como me duraban a mí todos los novios, un niño muy dulce y simpático a quien quise mucho, pero coincidió con mi mudanza de nuevo a Caracas y por motivos de distancia no continuamos la relación. En fin, este muchacho, que iba a un colegio Opus Dei de varones a una cuadra de donde yo vivía, me dijo una vez que él nunca usaba despertador para levantarse en las mañanas, sino que le pedía a su ángel de la guarda todas las noches que lo despertara a una hora determinada y su ángel de la guarda lo despertaba a esa hora sin falta. La cosa es que funcionaba a horas inusuales, como que un día tuviera que despertarse a las cuatro de la madrugada para estudiar un poco más para un examen a la mañana siguiente o para terminar algún trabajo, funcionaba los fines de semana a horas aleatorias, funcionaba en vacaciones; no se trataba de que su cuerpo se hubiera habituado a despertarse de lunes a viernes una hora y media antes de la hora de entrada del colegio. Unos años más tarde me acordé de la historia de José Miguel y decidí intentar contactar yo a mi ángel de la guarda también, a quien siempre me encomendaba desde muy niña como me habían enseñado las monjas del colegio, pero entonces pensé que quizás no se trataba del ángel de la guarda sino más bien del guía espiritual, solo que en los colegios católicos a nadie le hablan de guías espirituales, por eso tenía sentido que José Miguel pensara que era su ángel de la guarda, aunque de todos modos no creo que ni el guía espiritual ni el ángel de la guarda de José Miguel se ofendieran por la confusión. Yo pienso que era el guía espiritual porque la función de los ángeles de la guarda es exactamente esa, cuidarnos, mientras que los guías espirituales son seres elevados que ya concluyeron su paso por este mundo en forma física y ahora se dedican a ayudar a otros humanos a cumplir su destino, a llevar a cabo sus metas, a crecer y a aprender mientras están en esta vida. Creo que cuando los vemos, como vi yo al mío en ese sueño, como podría verlo, si se lo pidiera, en algún estado profundo de meditación, se nos muestran en su última forma física y llevando el nombre que usaron aquí en su última encarnación. Los guías espirituales han estado aquí muchas veces, saben por experiencia propia lo que es vivir en este mundo, eso les da un punto de vista y una empatía con nosotros que otros seres celestiales quizás carezcan. Para mí tiene sentido, y si el mismo Dios se hizo hombre cuando envió a Jesús a la tierra (eso creemos los católicos), tiene sentido que tengamos un guía, un maestro, que también haya sido hombre. La cosa es que yo lo máximo que había logrado había sido recibir su nombre en oración. Primero pensé que estaba loca, porque eso de "John", ¿de dónde venía? No sé, yo me estaba esperando un nombre criollo, castizo, hasta en euskera, pues, pero no John, y bueno, por una u otra razón se me olvidó, comencé a ocuparme de otras cosas, no sé porque no recuerdo bien, pero no insistí en lo del guía espiritual, y un tiempo después, sin estar pensando en eso, tuve este sueño.

Ahora bien, es muy bueno que los guías espirituales estén por encima de las emociones humanas, porque si no a estas alturas John no estaría muy contento conmigo que se diga. Después del sueño donde lo vi, me olvidé de él por completo hasta que Elías se fue y yo entré en crisis. En mi casa tenía dos cerezos japoneses, uno a cada extremo del patio, una tarde estaba yo parada debajo de uno de ellos y acababa de terminar de abonar la tierra, preparándola para la entrada de la primavera, me detuve y recuerdo estar pensando con mucha frustración y dolor, e incluso con algo de rabia que Elías me ignorara, que me tratara de esa manera, que algo dentro de mí me decía que él aún me amaba, apenas hube terminado de pensar que Elías todavía me quería, una lluvia de florecitas rosadas comenzó a caer, decenas de florecitas rosadas, cientos de florecitas rosadas caían y caían sobre mí, alrededor de mí, se enredaron en mi pelo, se metieron dentro de mi ropa, cayeron sin parar cerca de un minuto, al punto que aquello parecía realismo mágico latinoamericano. Cuando dejaron de caer miré aquel manto rosa pálido en el que estaba parada, no se me veían los zapatos, miré la copa del árbol, pensando que solo vería las ramas desnudas, pero mi cerezo seguía cargado de flores rosadas, como si por cada una que me hubiera caído encima, dos más le hubieran salido. Enjugándome las lágrimas di gracias por aquella señal tan hermosa, y cuando por fin me animé a salirme de aquel cuadro de Monet, me asomé donde estaba el otro cerezo y no encontré una sola florecita rosada debajo, ni alrededor, ni cerca.

Llegué a pensar que debajo de ese árbol había una especie de portal mágico, aparentemente todas las cosas pasaban allí. Una tarde de finales de verano, debajo del

mismo cerezo japonés donde me llovieron las florecitas,
Elías, aún tragado por la tierra, yo, ya realmente al borde,
mirando en la misma dirección en que aquella vez y
pensando exactamente lo mismo, con infinita frustración,
con el dolor más inmenso que había sentido alguna vez en
mi vida, pensé que la verdad era que Elías no me amaba,
que nunca me había querido, porque alguien que de
verdad ama a otra persona no la trata como él me había
estado tratando, entonces, apareció un hermosísimo
venado de cola blanca, un macho adulto de cuernos
majestuosos que se detuvo junto a mí, apenas a un par de
metros de donde yo estaba parada, volteó la cabeza hacia
mí y me miró un instante, avanzó lentamente hacia el fondo
del jardín y me miró de nuevo por unos segundos antes de
desaparecer a toda marcha atravesando el patio del vecino
y perderse sabrá Dios con qué rumbo y hacia qué destino.
Atónita, así fue como quedé. El venado apareció desde el
frente de mi casa hacia la parte de atrás, es decir que vino
de la calle. Por ahí no hay ningún parque de esos inmensos
que hay en todas las ciudades de este país, donde la gente
puede acampar, remar en botes en el lago, montar a caballo,
etc., no había ni siquiera un parque normal y corriente, lo
máximo que había era un sendero para caminar (una acera)
tres cuadras más allá de mi casa, pero eso era todo, ah, y los
rieles del tren, es verdad, había un tren que pasaba por ahí,
pero el área seguía siendo urbana, no había ninguna
reserva, ningún parque -como ya dije-, no había ni un
monte por todo eso, como dijo Cortázar una vez, no había
ni "un montón de pasto con un cardo apuntando hacia el
norte." Ah y además yo tenía la autopista al lado, al lado
de mi vecino de al lado, para ser más específica, aunque en
la esquina donde ambos patios convergían me tocaba
buena parte de la autopista a mí también. Hacia el norte,
casas y más casas. Eso cubría los cuatro puntos cardinales
de donde podría haber venido el venado y hacia donde se
podría haber dirigido, y ninguno era remotamente

plausible, teníamos: casas, calle, autopista, caminería y tren.

Los venados son mi símbolo de que Elías me ama. Aparecen solo en momentos extremos, cuando yo de verdad he perdido la fe en que él vaya a estar algún día conmigo y cuando siento que es mentira que me ama, que no me quiere ni un poquitico. En el instante en que siento que toco fondo, aparece siempre un venado, de una u otra manera, esté donde esté, a cualquier hora del día o de la noche, aparece. Una tarde en plena autopista a la hora pico, apareció un tractor verde enorme delante de mí, marca John Deere, con sus letras bien grandotas y su logo del venado amarillo gigante frente a mí. Me dio risa y me pareció cuchi que mi guía espiritual se buscara una manera tan poco ortodoxa de enviarme una señal, y no ha sido la única señal inusual, John es bastante creativo y le gusta hacerme notar placas con las iniciales de Elías, por ejemplo, y a veces me envía las señales en combo, como para que no me quede duda, tipo mostrarme una placa con la fecha de nacimiento de Elías y las letras que forman la palabra YES" al mismo tiempo que comienza alguna canción en la radio de esas que son tan nuestras, como "Something[7]", o "The air that I breathe[8]", o "My love[9]".

Lo siguiente que hizo mi guía después de la lluvia de florecitas y el venado en el jardín de mi casa, fue enviarme señales un poco más sutiles, por ejemplo, recogiendo el cuarto de los juguetes de los niños una madrugada, me encontré con montones de piecitas de rompecabezas de Alba que tenían una "E" pintada con marcador por la parte de atrás. Yo había tomado caja por caja y, para poder distinguirlos unos de otros en caso de que se llegaran a mezclar, a cada uno le había asignado una letra del alfabeto y se la había pintado por detrás. Esa noche salían y salían piecitas del rompecabezas "E" por dondequiera que yo estuviera limpiando y arreglando, no aparecían de ninguna otra letra, solo "E". Otra cosa que

John hacía era que de alguna manera cada vez que veía el reloj la hora eran o números repetidos, o números seguidos, es decir, veía cosas como "2:22", "12:12", "3:33" y "6:54" o "1:23". Me tenía con la cabeza gigante porque yo no sabía por qué me estaba pasando eso, no sabía si era una advertencia de algún peligro o si se trataba de algo bueno o si es que era alguna respuesta a mis preguntas, y en caso de serlo, ¿eran un sí o un no?

De todas, mis señales favoritas son las mariposas. Las mariposas comenzaron a aparecer cada vez que Elías me decía alguna cosa sumamente bonita, algo de eso que no es simplemente un halago, no es algo lindo por decirme algo lindo, sino un momento en que me reafirma lo que siente por mí y cosas por el estilo, o cuando hace algo extraordinario por mí y para mí. También aparecen cuando tengo dudas sobre la relación, dudas sobre lo que siente Elías por mí, que ya se habrán dado cuenta pasa con bastante frecuencia, pero es que es la dichosa situación la que provoca muchos momentos de tensión e inseguridad en mí. Por supuesto John también se pone creativo cuando se trata de enviarme mariposas, las hace cruzarse frente a mi cara y pasarme tan cerca que me hacen echar la cabeza hacia atrás, las ha hecho posarse sobre mis dedos tal cual princesita de Disney, las hace cruzarse delante de mi carro parada en un semáforo en rojo una tarde helada de enero, cuando se supone que no debería haber ninguna mariposa por ahí volando, las hace aparecer en la franela de mi vecinita que toca el timbre para saber si Alba puede salir a montar bicicleta con ella. Yo, la verdad, nunca pensé que se pudieran mostrar mariposas de formas tan variadas y originales. Tampoco creo que las mariposas sean un elemento muy común que se diga, no sé, hasta el día en que comenzaron a aparecerse como señal creo que no veía ninguna, nunca.

Otra cosa que me parece muy simpática es que yo vaya cambiando las estaciones de la radio satelital de mi carro y todas las canciones que están poniendo, una tras otra, a medida que voy pasando los canales, tienen títulos que responden a mis preguntas e inquietudes del momento, o me traen un mensaje de aliento y de paz, y van así, seguidas, cosas como: "Don't give up[10]", "Stay[11]","Believe[12]", "This guy's in love with you[13]", "Faithfully[14]", "Dream on[15]", "Take a chance[16]"... El mp3 player se termina de dañar y se queda pegado en "Never Surrender" (la que canta Corey Hart), y no hay cómo echarlo para atrás, no hay cómo adelantarla, no se puede escuchar la radio, no se le puede subir ni bajar el volumen, no se puede hacer nada que no sea oír "Never Surrender" y cuando se acaba, oh sorpresa, empieza de nuevo, perpetuamente la misma canción. Y no, no soy yo con el poder de mi mente haciendo que todas esas canciones las pongan en la radio justo cuando yo estoy escuchando y se me ocurre cambiar de canal, o que el mp3 muera dando la batalla obsesionado en un mismo tema musical, si fuera así, si yo tuviera la capacidad de manipular lo que está a mi alrededor de esa manera con el poder de mi mente, créanme que hace años me habría sacado el premio mayor de la lotería y estaría escribiendo esto desde mi mansión en The Hamptons.

Creo que John se dedica a enviarme ese cargamento de señales y pone gran empeño en que sean lo más explícitas posibles, porque yo estoy pasando por una etapa de gran incredulidad, especialmente si se trata de Elías. Siempre le doy las gracias a mi guía, en reiteradas ocasiones he pensado qué sería de mí sin él; de verdad que muchas veces me ha hecho que se me salgan las lágrimas. Casi todas estas señales están directamente asociadas con Elías, como no habrá sido difícil de notar, aunque los títulos de las canciones y las palabras en las placas de los carros, las que me voy encontrando en la cola del supermercado, por ejemplo, o alguna frase suelta que le escucho decir a alguien que va pasando justo por mi lado en el pasillo del centro comercial y otras cosas por el estilo, también aplican a otros temas y otros ámbitos de mi vida, sin embargo, hay una muy específica que no tiene nada que ver con Eli, son los pastores alemanes, cada vez que veo uno, así sea de lejos o en la televisión, sé que es un aviso de que algo no muy bueno le va a pasar a alguna persona cercana a mí, a alguien a quien yo aprecio mucho, pero es algo que no va a pasar a mayores. Es como si el pastor alemán fuera un símbolo de protección ante el peligro, y no falla, siempre que veo uno, bien sea al rato o al día siguiente, mi tía me cuenta que unos ladrones entraron a su casa a robar pero no les hicieron nada, mi amiga me dice que su hermana con una enfermedad autoinmune se puso grave pero le hicieron algo en la emergencia de la clínica y hoy se estuvo riendo por primera vez en muchos meses, y demás cosas por el estilo.

Algunas veces las señales son, vamos a decir, radicales. Yo tengo algo planificado y comienzan a pasar cosas que no me permiten llevar a cabo ese plan, como una vez que tenía que encontrarme con Eli y por alguna razón mi carro no quería responder, primero se le encendieron todas las luces del tablero, todas y cada una de ellas, yo estaba cerca de casa y tenía que llegar antes de poder volver a salir para verme con Elías, mi carro se apagó pero de alguna manera seguía andando (en plano y es un carro automático), me dejó manejar las dos cuadras que me faltaban para llegar a mi casa y estacionarme y no volvió a prender, pensé que tendría que llamar a una grúa para que me llevara al taller mecánico al día siguiente, pero en la noche, cuando intenté prenderlo de nuevo a ver qué pasaba, prendió perfectamente, ninguna luz se encendió, no hizo ningún ruido raro, no le pasaba absolutamente nada. Por alguna razón yo no debía salir de mi casa ese día, o tal vez no debía manejar por la vía que pensaba tomar o no debía encontrarme con Eli en ese momento. Así hay mil ejemplos, esas cosas que de pronto se me pierden, yo, que nunca extravío nada y es muy frustrante andar buscando horas y a veces días y tener que cancelar planes y cambiar citas y llamar por teléfono y todo lo demás, hasta que me doy cuenta de que esto me está pasando por algo y que lo mejor que puedo hacer es esperar, y es así como las cosas que estaban perdidas aparecen solas, de la nada, como por arte de magia, aparecen donde yo ya había buscado unas diez veces por lo menos pero inexplicablemente antes no las vi y ahora sí.

Se me estaba olvidando un símbolo muy importante, el de John. Habían pasado muchos años desde aquel sueño con él en las escaleras y yo ya no recordaba su nombre. Para tratar de volver a verlo e intentar que me volviera a decir su nombre probé hacer un ejercicio de meditación, o mejor dicho, muchos ejercicios de meditación a lo largo de una semana, la idea era llegar a cierto estado de relajación y visualizar una puerta y pedirle a mi guía que cuando la abriera estuviera esperándome del otro lado. Luego de varios intentos fallidos, puesto que llevaba mucho tiempo sin meditar y la mente es la más grande saboteadora que hay cuando se trata meditación y relajación, el que no me crea puede hacer la prueba, basta que uno intente quedarse en silencio y con los ojos cerrados sin pensar en nada para que la mente comience su labor indiscriminada de saboteo, cinco segundos de mente en blanco, cuando mucho, es lo que uno suele lograr antes de que la mente empiece a recordarle que tiene que hacer una llamada dentro de una hora, recoger una ropa en la tintorería, mandar a hacerle el servicio al carro y cuando nada de esto funciona, entonces le empieza a mandar unas canciones equis. Estamos constantemente pensando, o constantemente teniendo pensamientos, que no es lo mismo aunque en este caso sea equivalente. En fin, que luego de varios intentos fallidos, decidí desglosar el ejercicio y comenzar por abrir la puerta y entrar a la habitación, aquí mi mente interrumpía enviándome cualquier canción elegida por ella al azar. Comenzaba de cero, puerta otra vez, girar la manilla, entrar en la habitación, ver a mi alrededor. ¡Progreso! Ahora me daba cuenta de que estaba en una habitación de un niño o una niña, en un cuarto de juguetes. Cancioncita, esta vez en un jingle de comercial de jabón de tocador que no escucho desde que estaba como en quinto grado. De nuevo: puerta, manilla, cuarto de juguetes, pies descalzos de un niño. ¡Paciencia! Puerta, manilla, cuarto de juguetes, pies descalzos de un niño, vestido blanco largo, más bien una especie de camisón de dormir de la época de antaño, un niño rubio de unos once o doce años, con bucles dorados cayéndole en la frente. ¡Victoria! Ahora, preguntarle el nombre. John, es la respuesta que escucho. Como tengo dudas, le pido que me lo confirme, en ese momento me distrae el graznido de un ave de presa que pasa volando por encima de mi carro (todo esto está sucediendo mientras estoy estacionada en la cola esperando que sea la hora de salida de Alba Teresa). Es un halcón, me parece, aunque no sé bien qué tiene que ver un pájaro con el nombre John, giro la cabeza y lo primero que veo es que el marco de la placa del auto que está estacionado delante de mí dice "John Eagle". Ah, ok, ya entendí, entendí pero sigo necesitando más confirmación, necesito estar absolutamente segura, así que le pido que me siga enviando señales hasta que quede convencida, entonces le subo el volumen a la radio porque ya no estoy en estado de meditación y John Lennon está cantando "Imagine". Sonrío, paso al siguiente canal, Elton John, "Your song", empiezo a reírme de los nervios porque esto no es que me lo están contando, esto me está pasando; siguiente canal,

The Beatles, "Free as a bird", siguiente canal, The Beatles, "Blackbird". ¿Qué más dudas se podían tener? "Está bien, está bien, ya entendí: te llamas John y tu símbolo es un pájaro... Gracias", le dije a mi guía. Mientras estoy en eso de pronto recuerdo cómo hace muchos años en momentos de dudas e incertidumbre y en los momentos en que necesitaba apoyo, aliento, validación, un pajarito se acercaba mucho a la ventana más cercana, siempre, no fallaba; lo recordaba perfectamente porque me había llamado la atención que nunca era un pajarito marrón que pudiera pasar desapercibido sino que solía ser un cardenal y un día en el cerezo japonés donde ocurrían los eventos sobrenaturales, vi un pájaro carpintero haciéndose una guarida en el tronco, justo al nivel de la ventana de la cocina, desde donde yo lo estaba viendo y escuchando su dulce toc-toc mientras lavaba los platos, pero claro, es como dice mi amigo, yo no me daba cuenta y no hacía la asociación porque no estaba pendiente de las señales.

Yo he notado un hecho curioso que me causa gran fascinación con esto de las señales: las señales son tan personales que suelen llegarle a uno solamente. Me explico, no se trata del símbolo como una cosa aislada, cualquiera puede ver una mariposa o encontrarle un significado a las letras de la placa de un carro, no es eso, no es símbolo solo, es la señal como tal que viene en forma de un símbolo en específico. Mejor doy un ejemplo: hace algunos meses vi una película cargada de referencias culturales, prácticamente la película entera son imágenes y canciones y un montón de alusiones a algo o a alguien que la mayoría de las personas podían fácilmente identificar. Cerca del final de la película, si no me equivoco, el personaje principal pasa delante de una pared y por allá atrás donde casi no se ve y en un movimiento de cámara muy rápido se alcanza a leer "Here comes the sun[17]" y en una imagen más rápida todavía se puede ver a George

Harrison. Ninguna de estas dos imágenes son tan evidentes como todas las demás en la película, que como ya dije es una especie de álbum de recuerdos de canciones, imágenes, lugares y demás referencias culturales, todas las demás son completamente explícitas menos estas dos, de hecho las pasan tan rápido y están tan mimetizadas con su entorno que a cada persona que conozco que ha visto esta película y le he preguntado si vio esas imágenes me responde que no tiene idea de lo que le estoy hablando, y ese es precisamente mi punto, esas señales eran para mí, específicamente para mí. No quiero decir con esto que las imágenes no existan en la película o que solo yo en el universo pueda verlas, quiero decir que yo las noté porque eran un mensaje para mí y todos aquellos que no las notaron es porque ahí no había ningún mensaje para ellos, y los símbolos no podían ser más fuertes: George Harrison y una canción tan optimista como "Here comes the sun[17]". La señales están por todas partes, todo el tiempo nos están llegando señales de Dios, del universo, de nuestros guías espirituales, de los ángeles tratando de comunicarse con nosotros, pero estamos tan ocupados, tan metidos de cabeza en nuestro día a día que no las vemos, no nos damos cuenta de que están a nuestro alrededor y tenemos tanto miedo a que nos llamen locos, a que nos miren de reojo si nos ponemos a creer en estas cosas que las descartamos, lo cual es una lástima porque estamos desperdiciando una herramienta muy valiosa.

Continuando con mi relato, en algún punto entre la lluvia de flores del cerezo japonés y el episodio del venado de cola blanca, me decidí por fin a hacer la regresión. Alguien en el Cielo andaba pendiente cuando tomé aquella decisión y me hizo una segunda, porque a los pocos días llegó en el correo un folleto de estos que envía el distrito escolar de distintos cursos para adultos y en esa edición estaba nada más y nada menos que una persona que hacía regresiones. En realidad la regresión a vidas pasadas era solo uno de los talleres que esta señora dictaba, también tenía uno de hipnosis para bajar de peso, hipnosis para dejar el cigarrillo y otro más de no me acuerdo qué. Como yo no fumaba y el que no recuerdo me llamó tan poco la atención que ni siquiera me acuerdo de qué era, decidí inscribirme primero en el de hipnosis para perder peso y ver qué tal todo: qué tal la señora, qué tal el proceso de hipnosis, qué tal los resultados. En realidad la hipnosis era una de las cosas que más me preocupaban, me preocupaba poner mi mente en manos de un perfecto extraño y que esta persona no supiera lo que estaba haciendo y yo terminara más grave de lo que ya estaba con todo el lío de Elías, y me preocupaba que no funcionara, bien porque la señora no era buena en esto o porque yo no era una persona hipnotizable. Esas cosas que requieren que la mente llegue a un nivel de relajación profundo, de la supresión del ego (esa parte de uno que necesita estar consciente y en control, no el ego de Freud), de entrar en estado alpha, suelen costar bastante a la mayoría de las personas, aunque no lo parezca, y yo podía estar en ese grupo y todo esto ser una pérdida de tiempo y de dinero. Otra cosa que me interesaba conocer antes de someterme a la experiencia de la regresión era saber un poco cómo era esta señora, que este taller previo me sirviera de introducción de manera que el día de la regresión yo estuviera más relajada, pues era alguien a quien ya conocía y con quien ya había trabajado.

El día del taller de hipnosis para el sobrepeso entré al salón donde se iba a realizar y la única persona delgada ahí era yo. Lo primero que me cruzó por la mente fue que todos los presentes estarían pensando que, una de dos: o yo tenía problemas de anorexia y graves, porque yo siempre he sido delgada -de peso saludable-, pero con lo de Elías había bajado siete kilos en seis meses, así que ahora estaba demasiado flaca, o era una cretina que estaba allí para tratar de quitarse kilos imaginarios de encima y escuchar que los otros le dijeran que estaba flaca y que no necesitaba estar ahí y ella negarlo solo para que se lo repitieran y volverlo a escuchar. En ese momento hice una pausa y respiré profundo, mis nervios estaban apoderándose de mi mente y me tenían pensando ese montón de cosas horribles que seguramente no eran verdad y que, después de todo, si llegaban a serlo, lo que pensaran los demás no tenía por qué importarme, yo sabía por qué estaba ahí, punto. De todos modos me sirvió recordarme a mí misma que en realidad el taller era para lograr un peso saludable, y si bien estaba más enfocado a perder peso, por lo menos en teoría tenía sentido que alguien muy por debajo de su peso ideal también estuviera allí. Todo eso estaba muy bien, pero pensé que era un mejor ejercicio mental para mí no buscar una excusa sino no excusarme y punto, así que fuera para gordos o para flacos, lo que importaba era que yo tenía mis razones para estar allí y lo que pensaran los demás de mí no debía importarme en lo más mínimo y listo. Esa lección ha sido difícil de aprender para mí, como ya se habrá notado. Yo sé que las mujeres siempre andamos tratando de estar más flacas, y, bueno, no me veía mal con esos kilos de menos, pero si me preguntan, yo preferiría ser gorda y estar con Elías que ser una top model pero sola y amargada, gordita y feliz le gana mil veces a flaca y triste.

El taller fue un éxito, me sentí muy cómoda con el método de hipnosis, me gustó la señora que lo dictaba y no podía esperar a hacer el de la regresión. Salí de ahí muy entusiasmada y lo mejor era que todo esto me distraía del drama de la ausencia de Elías, así que era algo positivo por más de una razón. Un par de semanas más tarde por fin llegó el sábado de la regresión. Estaba un poco ansiosa y nerviosa, pero en el buen sentido. Sabía que parte del proceso de hipnosis, el principio, sería igual al que ya había experimentado, solo que esta vez sería mucho más profundo, y además me sentía tranquila porque ya había practicado, por decirlo así. Una cosa que me seguía preocupando un poco era que yo no quería que en lugar de ver mis vidas pasadas de verdad, esto no fuera más que un collage de recuerdos de esos que uno ha acumulado con el paso de los años, de cosas que ha vivido, cosas que ha visto, que ha leído, que ha escuchado; yo quería tener una experiencia verdadera y no ver cosas y ver gente que yo deseara que estuvieran allí. Todo esto lo discutimos en grupo la primera media hora antes de la regresión en sí y para aclarar un poco mis dudas -que otros también compartían-, dijo que si queríamos saber si alguien en particular había estado en otras vidas con nosotros, ella nos diría durante la regresión el momento específico para visualizar a esa persona. Otros temían ver que habían sido alguien famoso porque les parecía que no podía ser verdad y que si de pronto veían que habían sido, qué sé yo, Elvis o Lincoln o Cleopatra, eso invalidaba su experiencia porque la sentirían como lo que yo mencioné de la mente utilizando recuerdos de esta vida y no viendo en verdad vidas pasadas.

En fin, que llegó el momento que todos estábamos esperando, habíamos llevado una almohada y una cobija porque nos íbamos a acostar en el piso por dos horas como mínimo, otros requisitos, medias, un suéter y pantalones largos, pues permanecer inmóviles en el suelo del salón por dos horas reducía la temperatura corporal. Sentados en el suelo, casi listos para comenzar, nos miramos los que estábamos ahí y se sentía una especie de camaradería y de paz en el ambiente, como si este viaje a través de vidas pasadas en el que estábamos a punto de embarcar fuera un evento que nos uniera en cierto nivel. Puerta cerrada, luces

apagadas, nuestra guía enciende una luz especial que es
como un semáforo pero de un solo foco, pone una música
para llevar nuestras mentes a un estado de relajación
profundo mientras nos va guiando y nos va diciendo qué
hacer usando comandos de voz, a veces contando hasta
tres, a veces chasqueando los dedos, a veces tocándonos el
pie... Luego de eso comenzó a decirnos que visualizáramos
un control remoto que tiene un botón para imágenes, uno
para sonidos y uno para emociones y que aunque ella
estuviera dirigiendo la regresión, nosotros estamos en
control. Después dijo que aunque ella iba a guiarnos a
través de varias escenas de cada vida, era nuestra decisión
quedarnos en la misma escena o al cambiar de vida,
podíamos regresar a la que estábamos viendo antes. A
continuación nos hizo imaginarnos que éramos grande,
muy grandes, y que flotábamos hasta que salíamos de
donde estábamos, salíamos de ese salón, íbamos saliendo
del país, del planeta, flotábamos cada vez más y más alto y
para cuando llegamos al espacio, ya no se sentía como si
estuviéramos más dentro de nuestro cuerpo, no se sentía el
peso, la delimitación del cuerpo, sino como si fuéramos
aire, como si fuéramos solamente la consciencia del ser, nos
recordó lo que nos había dicho antes de comenzar, que si
deseábamos saber si alguien en específico había estado con
nosotros en otras vidas, este era el momento de visualizar a
esa persona, pero yo no lo hice porque yo quería ir en
blanco y ver lo que fuera que tuviera que ver, entonces nos
hizo bajar muy rápido, había que bajar como a toda
velocidad de vuelta a la Tierra (a veces daba un poquito de
vueltas) y así entrábamos en una vida pasada.

Al comienzo de cada vida, una vez hemos entrado,
lo primero que veíamos siempre eran los pies, no sé si es el
método que se utiliza siempre para las regresiones o si es la
técnica que ella emplea. Yo me veo los pies y estoy
descalza y veo que soy un poco morena. Ella dice: "what's

your name?" pero había explicado que no siempre uno sabe cómo se llama o en qué año está y que de todas maneras no nos preocupáramos por eso, porque no era lo más importante. Luego nos dice: "what year is it?" y yo tampoco supe. Total que me veo la ropa y tengo como un vestido por encima de la rodilla con un cinturón como de cuerda. El vestido está muy adornado en la parte del cuello, pero no sé, yo particularmente no le encontré nada del otro mundo. Ella dice que tomemos un espejo y a la cuenta de tres nos veamos en él. La sensación es como una especie de sueño consciente, de esos donde uno sabe que está soñando y es como si se viera desde afuera al mismo tiempo que interactúa dentro del sueño en sí, solo que aquí uno está más consciente que en ese tipo de sueños y no se está viendo desde afuera como si existieran dos yos, sino que el yo de la vida pasada es en verdad uno mismo, y ya no es como verse en un espejo o en la televisión, sino que uno de verdad está en ese sitio, en ese momento, viviendo ese instante de nuevo. Es como ponerse esos lentes especiales que hay en algunas atracciones futurísticas donde uno siente que está dentro del juego, no que es un muñequito al que se le ve la espalda o el perfil mientras camina; es uno. La consciencia del yo de esta vida tiene capacidad de pensar y decidir, a pesar de estar dejándose guiar, lo del control remoto es así, aunque yo no vi un control remoto como tal, quizás para otras personas esa herramienta visual les sea necesaria, el hecho es que mi yo consciente pensaba, decidía, analizaba, por eso cuando la señora dijo que tomáramos un espejo y nos viéramos en él a la cuenta de tres, yo estaba un poquito nerviosa con lo que iba a pasar cuando ella dijera "three" y yo me viera en ese espejo. Lo primero que noto es que tengo los ojos muy grandes y bonitos, levemente rasgados (mis ojos en esta vida son muy rasgados, porque uno de mis abuelos era cantonés). Los tengo delineados y la boca la tengo pintada también de un tono como carmesí, soy joven y tengo en la cabeza una cosa rara, es como un cilindro hacia arriba y hacia atrás, con el tope plano, no tengo idea de lo que es pero tampoco le hago mucho caso porque ella comienza a decirnos que veamos a nuestro alrededor y yo veo que estoy parada en arena y lo primero que se me ocurre es que eso tiene que ser Egipto. Dice que a la cuenta de tres la acción va a comenzar y nos instruye que veamos lo que pasa a nuestro alrededor, lo que dicen a nuestro alrededor y nos dice que nos acordemos, nos decía "remember, remember, remember". En cada vida veríamos tres escenas, o mejor dicho, ella nos guiaría para hacer la transición de una escena a otra de la misma vida tres veces, seguía siendo decisión nuestra quedarnos en alguna en específico si así lo deseábamos. Bueno, a la cuenta de tres efectivamente la acción a mi alrededor comienza, estoy caminando e increíble, pero escuchaba hasta el viento soplar, sentía el calor del ambiente y de la arena que se me metía en los pies por dentro de las sandalias (ahora noto que llevo sandalias), estaba experimentando todas las sensaciones físicas de la vida que estaba presenciando, y hay que recordar que más bien ahí sin moverme por tanto tiempo lo que da es frío. Bien, me doy cuenta de que todo el mundo se tira al piso por donde yo voy pasando y pienso que tal vez sea un faraón, pero no estaba segura si era hombre o mujer. Entonces ella dice que veamos todo negro y cuando se haga la luz de nuevo, vamos a estar en otra escena de esa misma vida. Cuando yo veo de nuevo, estoy terminando de subir por una pirámide y entro a la cámara mortuoria, todos los que están ahí se tiran al piso y están decorándola y solo quien parece ser el capataz se atreve a dirigirse a mí para preguntarme si me complace lo que llevan hasta los momentos. Está una tumba abierta, no sé si es mi sarcófago o el de otra persona. Entonces pasamos a otra escena y tengo la sensación de que debo cuidarme, de que hay mucha gente que no está contenta conmigo por alguna razón, siento como si me fueran a traicionar. En estos momentos estoy casi segura de soy mujer. En la última escena que vi de esa vida me vi sentada como en un trono, la multitud está arrodillada ante mí y otras personas alcanzar a acercarse a mí y me hablan, parecía como estuvieran compareciendo ante mí, creo que era evidentemente una figura de autoridad. Total, me dio dolor de cabeza en la parte de atrás, más hacia el lado izquierdo. Y se acaba esa vida. Diane (la señora que dirigía la regresión), había dicho que al final de cada vida veríamos nuestros últimos momentos en ella, veríamos cómo habíamos muerto, o por lo menos tendríamos algún tipo de idea o de indicio. Yo no vi cómo morí en esa vida, pero asumo algo relacionado con la cabeza, por el dolor físico que se manifestó cuando estaba a punto de salir de ella.

Así pasamos a la segunda vida, que fue mi mejor vida de todas las que he vivido, al menos hasta ahora, o bueno, la mejor de las que vi en esa regresión y mejor que esta también parece ser. La sensación general que tuve en esa vida fue de ser inmensamente feliz, de sentirme plena, rodeada de amor, llena de amor. Es una felicidad difícil de describir, yo creo que muy pocas personas son así de felices en su vida. Me veo los zapatos, son rojos o rosados, cosa que me llama la atención, son de época, me veo el vestido, me miro en el espejo y noto que tengo el pelo sumamente amarillo, casi blanco, soy de piel muy, muy blanca, los ojos de un azul intenso y los labios como de un tono rojo natural que me recordaron mucho a Raquel porque así son los de ella, no me hacía falta pintármelos, y lo más curioso: tengo el mismo lunar que tengo en esta vida junto a la boca casi en la comisura izquierda, vérmelo me sorprendió mucho y esa fue la única vida donde me lo vi. Tengo una sombrilla plegada en la mano izquierda y es un día precioso de primavera o verano. Diane pregunta por el nombre y me digo: "Marie". Entonces sospecho que estoy en Francia o en algún lugar de Europa donde se hable francés, no hay asfaltado ni aceras, las calles parecen hechas de piedra oscuras, negras, posiblemente grises, se ven muy lisas aunque algunas partes son bastante irregulares, da la sensación de que uno se va a resbalar o a tropezar o las dos cosas. Cuando empieza la acción, yo estoy paseando y veo que hay un hombre que viene caminando a mi lado, deslizo mi brazo a través del suyo, comienzo a verlo de abajo hacia arriba, subiendo lentamente la mirada hasta llegar a su cara y es Elías y digo sorprendida: "¡Eres tú, te encontré!" Y nos reímos y continuamos nuestro paseo, sonriendo. Pasan corriendo 3 niños chiquitos, los dos mayores son varones, la más pequeña es una niña, vienen corriendo hacia donde estamos Elías y yo y se cuelgan de mi pierna y me dicen mamá. Cambiamos a la segunda escena y me veo en un pasillo de un castillo, estoy atravesando el corredor hasta llegar a una ventana pequeña que da hacia un patio y me asomo por esa ventana que da a aquel jardín inmenso y hermoso y están mis niños jugando y corriendo y hay varias nanas cuidándolos. Elías está asomado conmigo, abrazándome y veo que estoy embarazada. Me parece que estamos de luto porque vamos de negro y aunque soy feliz, siento algo de melancolía. Cambia la escena, es una mañana y hace mucho frío, hay neblina, yo tengo una capa roja puesta y Elías tiene otra capa también, lo estoy despidiendo porque se va a caballo a algo con varios hombres, me da la impresión que se van de cacería o quizás a alguna otra empresa más peligrosa, a una guerra, quizás, no lo sé. Me quedo ahí viéndolo, triste, hasta que se perdió a lo lejos, tengo miedo de que algo malo le vaya a pasar. Tercera escena y estamos los dos ofreciendo un banquete, es decir que no le pasó nada -¡qué alivio!-, y él está a la cabeza de la mesa (rectangular y muy larga) y yo sentada a su izquierda. Veo que las copas son de oro y tienen piedras preciosas y que los cubiertos son de plata y pienso que debemos ser algún tipo de realeza o por lo menos gente con muchísimo dinero. Estando en mi lecho de muerte noto que soy una señora muy mayor y hay mucha gente a mi alrededor, gente que me ama mucho. Llevo al cuello un camafeo y justo antes de morir veo un pajarito que se posa en el marco de la ventana abierta de mi habitación.

A partir de este momento Diane dijo que íbamos a ver las siguientes vidas un poco más rápido que las anteriores. En mi tercera vida vivía en una montaña, hacía mucho frío, llevaba unos zapatos sin gracia, gruesos y pesados, tenía un vestido largo y un delantal y estaba acarreando agua y leche hacia mi casa. Afuera todo estaba cubierto de nieve, el viento soplaba haciendo que el frío fuera aún más duro de sobrellevar. En la segunda escena me veo en mi casa, que es una cabañita hecha toda de madera, es como todo un mismo ambiente, como los apartamentos tipo estudio; hay una cama donde hay una señora muy mayor a quien cuido, es la mamá de mi esposo y hay un moisés en el piso, junto a la estufa donde cocino alguna suerte de sopa, y allí tengo acostada a una bebita y le doy un toquecito de vez en cuando con la mano o con el pie para que se meza y me la arrulle. Somos muy pobres, llevamos una vida dura, de mucho trabajo y de mucho, mucho esfuerzo, pero somos muy felices. Cambio de escena y veo que viene llegando mi esposo, es Eli otra vez, viene con nuestros dos hijos, un varón como de 11 años y Vicente, como de 16, traen el rebaño de ovejas y yo les abro el establo para que las guarden. Cuando entran a casa nos sentamos todos a tomar un caldo nada presuntuoso, después le doy un masaje en los pies a Elías y le coloco unas medias secas, tejidas, de lana muy gruesa, para calentarle los pies. No vi el momento en que dejaba esa vida, pero sentí un dolor agudo en la frente y creo que morí relativamente joven, en mis cuarentas o cincuentas como mucho. También creo haber muerto antes que Elías.

Cuarta vida: soy un militar, un soldado, mi uniforme es azul marino y el sombrero es como una especie de gorra pero alta y con el tope plano. Tengo una bayoneta en la mano. Creo que me llamo Jean o algo que suena parecido. Comienza la acción y estoy en la guerra, en plena batalla, escucho los cañones y percibo el olor a pólvora, estoy peleando en esa guerra y me veo matando a mis enemigos. Próxima escena, hay una fogata y nos estamos calentando, es de noche, hay montones de muertos pero las bajas son casi todas del enemigo, de todos modos yo no estoy contenta, me siento triste aunque tranquila, es más bien una sensación como de resignación. Me siento muy cansada. Me muero viejo, tranquilo.

La que sigue es la última vida que vimos. Llevo unos zapatos negros estilo Mary Jane, de tacón no muy alto, tengo una falda por debajo de la rodilla, tal vez es un vestido y un chal negro sobre los hombros porque tengo frío. Creo que me llamo Elka, que me parece un nombre muy extraño, quizás estoy confundida y en realidad sea Elga o Elsa o Érica, pero me llaman Elka de cariño, no sé, Elka... Cuando empieza la acción me sorprendí mucho al darme cuenta de que yo una vez soñé con eso, fue uno de esos sueños que comenté varias páginas atrás, sueños de vidas pasadas, aunque no llegué a explicarlos porque quería relatar mi regresión antes de abordar ese tema. Esa vida la había visto ya en un sueño, y ese temor que había tenido al comienzo de la sesión, de que mi mente tomara recuerdos de esta vida, sueños, cosas que había visto en la televisión, leído en alguna revista o cosas por el estilo, en lugar de tomar experiencias reales de mis vidas pasadas no me asaltó ni me molestó en lo más mínimo, sabía con certeza que esto no era el recuerdo de aquel sueño, esto eran imágenes nuevas de aquella vida pasada a la que yo había tenido breve acceso alguna vez durante un sueño. Estaba en un barco, en la parte de arriba. Yo no sé de barcos y me imagino que eso tiene un nombre que yo por lo demás ignoro. Estaba en la parte de arriba. Me llamaba Amanda. Cuando cambio de escena sigo en el barco pero ahora estoy en la parte de adelante (¿la proa?) y Elías está conmigo, de nuevo es mi esposo, se paraba como detrás de mí pero al mismo tiempo al lado y me rodeaba con sus brazos, yo estaba muy seria, como triste pero a la vez como si tuviera esperanzas, no sé bien cómo describir mi estado de ánimo. Él me muestra que ya podemos ver tierra firme y falta poco para llegar. Estoy embarazada y creo que lo que veíamos era el puerto de Nueva York. Me pareció que habíamos sufrido mucho, que huíamos de algo o de alguien y que habíamos tenido que dejar atrás familiares y amigos, el sitio donde habíamos vivido toda la vida, nuestras raíces, y quizás mucha de esa gente a quien amábamos había muerto porque tenía como una sensación de soledad y de tristeza, y de aliento y esperanza sabiéndonos (a Eli y a mí) a salvo en ese barco, a punto de atracar en América. No recuerdo por qué no vimos cómo salíamos de esa vida, quizás ya no había tiempo o quizás no hacía falta porque no íbamos a hacer una transición a otra vida, entonces Diane comenzó a sacarnos de la hipnosis poco a poco y una vez las luces estuvieron encendidas de nuevo y todos estuvimos sentados una vez más, cada quien se retiró unos diez minutos a escribir todo lo que habíamos visto en la regresión, después de eso conversamos y algunos compartieron detalles de sus vidas. Dos señoras que no se conocían y nunca se habían visto antes resultaron haberse conocido en una vida pasada. Otra persona murió siendo un bebé, fue muy interesante su descripción de su vida como bebé. Algunas personas lloraron, yo compartí la sensación de felicidad pura, inmensa de mi segunda vida.

Salí de esa sesión sintiéndome muy bien, en verdad había sido una experiencia única, maravillosa. Además fue muy lindo haber visto a Vicente y ahora entendía mucho mejor mi relación con Elías. De pronto me había acordado de algo que yo ya no recordaba, y era que cuando yo tenía como doce o trece años, me dio por cambiarme el nombre y les pedí a todas mis amigas que a partir de ese momento me llamaran Mandy, que es diminutivo de Amanda. Yo no sé por qué me dio por elegir ese nombre, ahora asumo que tendrá que ver con esa vida pasada donde me llamaba así, y casi, casi digo que pudo ser solo una casualidad, pero no me acordaba de que las casualidades no existen. Eventualmente eso de andar llamándome Mandy me dio mucha vergüenza, me pareció muy tonto de mi parte así que superada esa fase, estuve feliz de que a todo el mundo se le hubiera olvidado -creo yo que a todo el mundo ya se le olvidó-, y la verdad es que me siento un poco idiota contando esto, pero pasó así tal cual.

Quizás haya cosas de otras vidas que traemos con nosotros a esta, no sé bien cómo podría funcionar algo así pero definitivamente explica ciertos gustos inusuales (en mí, no conozco los gustos inusuales de los demás), como esa fascinación por una muy música vieja que llaman en inglés "Big Band", el amor por los discos de vinilo -y por supuesto de acetato, cuando un tesoro así se consigue-, el mismo ejemplo de arriba del apodo, no sé, es un poco difícil de explicar pero hay gente que me conoce que me ha dicho que yo nací viejita y es así, yo a veces tengo la sensación de que nací en la época equivocada, pero en realidad no es eso, es todo ese bagaje que uno trae consigo, que para unos está como más en la superficie y para otros está enterrado muy profundo, pero sigue formando parte de quienes somos, como la Historia. También me he preguntado si las vidas que logré ver habrán sido de forma lineal o no, posiblemente sí pero cabe la posibilidad de que no, eso tal vez no importa mucho, aunque me da curiosidad.

Tantas cosas tenían sentido ahora, esos sueños extraños que antes no entendía ahora me parecían tan claros, como aquel donde Elías y yo estábamos saliendo de un pequeño restaurante en algún pueblito de Europa y me decía que no bastaba con que hubiéramos regresado a su Austria natal, ahora debíamos ir a que le mostrara dónde había nacido y crecido yo en Polonia. ¿Polonia? ¿Austria? ¿Qué hay en Austria? ¿Qué hay en Polonia? Ah, bueno, sí es cierto, el Papa Juan Pablo II era polaco, ajá: ¿qué más hay en Polonia? Y Austria, de verdad que no se me ocurre nada... ¿Mozart? Mozart creo que era austriaco, y si no, alguno de esos compositores del año de María Castaña debe haberlo sido, pero me refiero, ¿qué puede haber en Austria y en Polonia que tenga que ver conmigo y con Elías como para que yo hiciera la asociación y dijera "claro, esto lo soñé por tal cosa"? Nada. También tuve otro sueño donde le llevaba como una lonchera de almuerzo a Elías, que era mi esposo y trabajaba como carpintero haciendo muebles, las calles eran muy sucias y caóticas, Elías estaba molesto conmigo por algo y se negaba a recibirme, yo me quedaba a esperarlo hasta que fuera la hora de salida y cuando terminaba, Elías me miraba sin decir una palabra, tomaba mi mano haciéndola girar de manera que quedara la palma hacia arriba y allí colocaba un cofrecito de madera que había hecho para mí. Estos sueños, ¿eran un recuerdo de una vida pasada que no había visto en mi regresión o quizás parte de esas vidas que había alcanzado a ver? Quizás no era importante saberlo.

Ahora más que nunca entendía que amaba a Elías por destino y por elección. De vez en cuando pensaba en lo patético que era andar sufriendo por un hombre de esa manera y durante tanto tiempo, pensaba en lo absurdo de mi actitud, en cómo cuando era una adolescente amaba a Elías sin dramas y sin sufrimiento y ahora, en cambio, era una adulta que no podía manejar esta situación. Me daba un poco de rabia conmigo misma y con Elías también, me sentía como en una pesadilla de la que no podía despertarme; tenía ganas de olvidarme para siempre de su existencia y en realidad en algún momento lo intenté, borré sus fotos de mi computadora, eliminé todos los correos electrónicos que alguna vez intercambiamos, borré todos sus mensajes de voz que estaban guardados en la contestadora de mi celular y demás cosas por el estilo. Fue un intento loable de mi parte, aunque a los cinco minutos ya estuviera amargamente arrepentida. "Vivir con el alma aferrada a un dulce recuerdo que lloro otra vez[18]", qué se le va a hacer. No es que nunca hubiera pasado por un despecho, pasé por montones, mi matrimonio con Javier, sin ir más lejos, mientras estuvimos casados y yo aún estaba enamorada de él, cada pelea que tuvimos, cada discusión dolió, y bastante, de hecho, yo podría decir que mi matrimonio con Javier fue un largo y doloroso despecho, aunque eso sería muy duro y algo injusto, porque también tuvimos momentos hermosos juntos, principalmente los que atañen a esos tres hijos maravillosos que tenemos. Por lo tanto, no era que jamás en mi vida hubiera lidiado con un corazón roto, sino que yo sentía que había algo que me ataba a Elías, una cosa que estaba más allá del afecto, algo como más grande que nosotros como seres humanos, y que por nada del mundo debía permitir que estuviéramos separados, como si solo pudiera haber armonía estando juntos y si estábamos alejados todo era caos y destrucción. En serio se sentía -¡se siente!-, como algo de vida o muerte. No era un capricho mío, de verdad que no lo era, no lo es, nunca lo ha sido. Ahora por lo menos entendía de dónde venía todo esto, ahora entendía que ese lazo indestructible se debía a que éramos almas gemelas, ahora entendía por qué nos conocíamos tan profundamente, por qué yo siempre había tenido esa sensación de conocerlo de toda la vida, por qué el cariño fue instantáneo, ahora entendía todo, ahora todo tenía sentido, sin embargo no era un instinto, no era un reflejo, una respuesta automática involuntaria, y mucho menos, pero muchísimo menos era una obligación, esto era una elección consciente, madura, libre. Yo elegía amar a Elías, yo decidía amar a Elías, y esto es algo que se vio reflejado de modo mucho más claro muchos años después y no tanto en esa época, porque en ese entonces el dolor de no tener a Elías era más grande y más fuerte que yo, lo que hacía que mi voluntad quedara anulada, no podía decir que lo amaba por la voluntad de amarlo, sino que estaba a merced de las circunstancias, estaba como en estado de emergencia y cuando uno está así no puede actuar racionalmente hasta que no haya solucionado la crisis.

La duda lógica que me quedó luego de la regresión y todo lo que había sido develado por ella fue por qué en esta vida Elías y yo no estábamos juntos. Estaba claro que éramos almas gemelas, estaba claro que habíamos reencarnado muchas veces juntos, que habíamos sido infinitamente felices, hasta en las condiciones más adversas, ¿por qué, entonces, en esta vida no estábamos juntos? Ese nexo indestructible que hay entre dos almas gemelas no me dejaba renunciar a Elías, no me dejaba rendirme. Dejar de esperar era como abandonarlo y yo no podía hacer eso.

Resultó que un buen día Elías decidió reaparecer, sonó mi celular y cuando vi su número en la pantallita pensé que ahora sí por fin me había terminado de volver loca, tanto así que cuando atendí no dije "aló" sino "hello", porque estaba segura de que yo estaba viendo mal ese número y ese no podía ser Elías llamando. Elías reapareció pero no volvió, es decir, reanudó el contacto conmigo pero se cuidaba muchísimo de cada cosa que decía, aunque había admitido en esa primera conversación en un pequeño monólogo -que de no haberlo conocido tan bien como lo conozco me habría hecho pensar que había sido un descuido, algo que uno dice sin pensar mucho en lo que está diciendo-, que a veces uno hace cosas pensando que está haciendo lo que es mejor para todo el mundo, hasta que un día te das cuenta de que simplemente no puedes vivir sin ella, que necesitas a esa persona en tu vida, de pronto te das cuenta de que estás a punto de perderla para siempre y no puedes dejar que eso pase. Lo dijo así, casi textualmente. Yo, por supuesto, asumí que hablaba de mí, que "ella" era yo y que todo eso se refería a mí, pero Elías estaba más ambivalente que nunca, levantaba muros para mantenerme a raya a diestra y siniestra y así como los erigía los derrumbaba solo para volverlos a construir más altos y gruesos. A veces me decía algo lindo y me parecía que me invitaba a entrar en su mundo una vez más y tan pronto como intentaba pasar por el dintel me cerraba la puerta de golpe en la cara. Estaba claro que había drama para rato. Yo siempre pensé que en el fondo Elías tenía miedo, entre otras cosas, no sé, remordimiento de consciencia y bueno, sin duda quería a su esposa, y mucho, o no habría tenido dos hijos con ella, porque cuando Elías restableció contacto no vino solo, vino con una bebita recién nacida y dos años más tarde tuvo un varón. Yo nunca había tenido sentimientos tan encontrados como entonces, por un lado creo que nunca superé que hubiera tenido hijos con ella y no conmigo, pero no era por ego sino porque esos niños debían haber sido míos, hacía tiempo que yo venía soñando con ellos, había dos almas allá arriba esperando por nacer y ahora quizás eso nunca pasaría porque Elías vivía repitiendo que no tendría más hijos. Para mí era como una traición de su parte, porque si bien es cierto que él nunca me prometió nada, por otra parte yo siempre pensé que su relación conmigo era algo grande, algo importante para él, que tenía futuro, y no que mientras me decía que me amaba estaba buscando bebés con su esposa, y no es que yo pensara que ese tipo de decisiones tenía que consultarlas conmigo, pero si él tenía una relación conmigo, si estábamos juntos, ¿no debería haberme dejado saber en qué etapa de su vida estaba? No sé, a mí a veces todo se me enreda y yo ya no sé qué pensar de nada.

Yo había soñado una vez que íbamos los dos entrando a un edificio muy alto y muy lujoso (donde vivíamos) y esperábamos el ascensor, mi mamá nos acompañaba y cada uno empujaba un cochecito, teníamos una niña y un niño y mi mamá decía bromeando que lo que le faltaba a nuestra bebita para ser igual a mí era tener el mismo lunar que yo tengo en la comisura del labio, y que quizás se lo podríamos pintar con marcador. Había visto a nuestros hijos tantas veces en tantos sueños, podría estar aquí durante días contándolos todos. Al menos sabía que estaban bien a pesar de la angustia de que no fueran a nacer nunca, o por lo menos en esta vida, como les correspondía, porque había soñado que la mamá de Elías los sostenía en sus brazos y me decía que no me preocupara, que estuviera tranquila, que mis hijos estaban bien y que ella los estaba cuidando. Eso en verdad me dejó más tranquila, aunque tengo que admitir que cumplir treinta y cinco y no estar ni cerca de tener esos bebés con Elías había sido duro.

De los dos niños, a Vera -ese era su nombre-, era a

quien veía más seguido en mis sueños, era una niña muy blanca, rubia, de ojos azules, muy grandes, que no sé a quién habría sacado, a algún pariente lejano, mi bisabuela, sin duda, o tal vez por el lado de Elías. Una vez Elías me comentó que había tenido un sueño muy extraño, veía a sus niños jugando con una nenita de unos dos o tres años que describió exactamente como Vera y que le había dado miedo porque sabía que esa niña no estaba viva. Los niños se reían y jugaban a perseguirse y a correr. Me lo contaba por mensajería instantánea del celular y mientras iba leyendo se me iban saliendo las lágrimas porque sabía que se trataba de Vera. Por supuesto, yo jamás le había contado a Elías cómo había visto yo a Vera físicamente y apenas si le había mencionado un par de sueños muy vagamente, sin darle muchos detalles, hacía muchos años atrás, y como él pensó que se trataban de su niña yo preferí no insistir en el tema y no aclararle que era nuestra niña ni nada de eso, porque solo habría logrado hacerlo sentir incómodo y mejor ahorrarnos ese mal rato, así que la verdad me sorprendió muchísimo saber que había soñado con nuestra nenita. Me preguntaba por qué Vera habría ido a visitar a su papá en un sueño, por qué habría ido a visitar a sus hermanitos. Más o menos traté de decírselo a Elías y por supuesto terminamos peleados, pero bueno, tampoco podía pasarme la vida callándome todo y cuidándome de cada cosa que podía o no decir. Elías se sintió presionado y yo me sentí como una imbécil, ni modo. Y bueno, como dije antes, por un lado creo que nunca pude superar que Elías hubiera tenido bebés con su esposa y no conmigo, además de las razones que ya mencioné, me mataba que Elías siguiera construyendo su vida lejos de mí, que se comprara una casa más grande, que se fuera de viaje a Europa todos los años, estaba tan claro que su vida y sus planes no eran conmigo y nunca lo serían, teníamos expectativas tan distintas de esta relación, ninguna cosa tangible, real, importante en su vida tenía que ver conmigo y de nuevo, todas esas cosas cotidianas como levantarse en las mañanas e ir a hacer el desayuno, comprar comida en el supermercado, lavar los carros el fin de semana, ir a visitar a la familia en las vacaciones, nada, nada era conmigo. De repente me empezaba a reír sola, porque a estas alturas y luego de haber pasado por tantas cosas, que todavía estuviéramos en esta situación lo que daba era risa. Yo lo que estaba esperando era un milagro, o quizás mi demencia había llegado a tal nivel que me estaba empezando a creer la broma que yo misma había inventado de decirle que se clonara para poder casarme con su clon y vivir felices para siempre, y de verdad estaba esperando que algo así sucediera. Sinceramente, me parecía que hasta el bendito clon era más factible que el milagro de que él algún día se decidiera a estar conmigo. Tenía que haber un término psiquiátrico para definir lo que a mí me estaba pasando. Esto era un delirio, ni cuando le escuchaba decirme claro y sin metáforas que nunca iba a estar conmigo me lo creía, yo seguía esperando mi milagro y basada en qué, no sé, en mis propias fantasías, en ese mundo mágico que tenía yo en la cabeza, que si las almas gemelas, que si la reencarnación, de verdad que era para morirse de la risa. Pero eso no era lo que yo iba a decir, yo iba a decir que por otro lado los hijos de Elías me enseñaron a amar a unos niños que no eran míos biológicamente como si fueran mis propios hijos. Yo siempre me había preguntado si los padres adoptivos amarían a sus hijos tanto como uno ama a sus hijos biológicos. Todo el que ha tenido hijos, y sobre todo cuando es el primero sabe que el amor que se siente por ese bebé en el momento en que uno lo toma en sus brazos por primera vez es algo tan inmenso, tan profundo, tan intenso que no hay cómo describirlo, y digo que sobre todo con el primero porque, por lo menos a mí me pasó así, yo estaba tan enamorada de Vicente que me tomó algo decidirme a buscar otro bebé y mientras estuve embarazada de mi bella Raquel, tenía miedo de no ser capaz de amar a otro niño tanto como amaba a Vicente, porque simplemente me parecía imposible amar a otra persona de esa forma, por eso lo digo, y por eso me preguntaba si la gente que adopta niños sentiría ese mismo tipo de amor, Elías me regaló esa experiencia, me regaló amar a sus nenes tanto como amo a Vicente, a Raquel y a Alba, y para mí eso era una bendición. Tanto era así que en un par de ocasiones preferí arriesgarme a pelearme con Elías por decirle algo que yo consideraba que estaba afectando a sus niños y que él no estaba viendo, y no es que Elías se fuera a molestar porque yo estuviera velando por sus hijos y tratando de protegerlos, sino que yo sabía perfectamente que no tenía ningún derecho a tomarme ese tipo de atribuciones y que a ningún padre le gusta que le digan que hay algo que tiene que cambiar, y no quiero decir que Elías no lo estuviera haciendo bien, Elías es un excelente, excelente padre, son esas cosas que a veces uno no ve porque está muy cerca de la situación o por falta de experiencia, a mí me ha pasado con los míos, sobre todo con Vicente a los cuatro años, creo que a todos nos pasa, y uno lo agradece porque reconoce que la otra persona tenía razón y quizás si no se lo hubieran dicho nunca, jamás lo habría visto y no lo habría podido corregir, pero en el momento es desagradable.

Yo habría dado cualquier cosa por tener una relación más cercana con sus hijos, pero como siempre la situación no lo permitía. Una vez, cuando aún estaban chiquititos, tenían uno y tres años, fuimos una mañana juntos al parque, ese fue uno de los regalos más hermosos que Elías me ha hecho en su vida y fue un momento en verdad inolvidable para mí, poder jugar así con sus hijos, abrazarlos, hacerlos reír, darles una merienda, limpiarles las manitos y echarles agua en los ojos cuando les cayó arena que levantó el viento, para mí ese es uno de los momentos que más atesoro. Cargando en brazos a su bebito y meciéndolo y cantándole bajito pensé "entonces así es como se siente tener en brazos a un bebé de Eli".

Aproveché cada instante, sabiendo que probablemente no tendría la oportunidad a volver a cargarlos nunca más en mi vida y que quizás esa sería el único chance que tendría de cargar en mis brazos y arrullar a los hijos de Elías.

Como yo estaba loca -¡estaba clarísimo!-, me decidí a buscar ayuda profesional. Me senté a pensar en mis opciones y pronto me di cuenta de que no podía ir donde ningún médico o terapista tradicional, no podía llegar a la consulta y decir: "bueno, doctor, yo estoy acá porque estoy enamorada de mi alma gemela, pero el tipo no me para y además tiene dos chamos con la esposa; yo estoy empeñada en que se tiene que casar conmigo y tener bebés conmigo aunque el pana me ha dicho cien mil veces que no llevo vida, pero yo sigo aquí porque yo hice una regresión y vi mis vidas pasadas y él y yo hacíamos tremenda pareja, además John me lo dice todo el tiempo, que nosotros tenemos que estar juntos y si John me lo dice yo se lo creo, me manda las mariposas y los venados para que yo sepa, él es algo así como un fantasma pero es bueno, él me ayuda y eso, además yo soy medio psíquica y entonces yo sé que ese hombre se tiene que casar conmigo, doctor, mire, es algo así como un pálpito que yo tengo, es una cosa que a mí me dice que ese hombre es el que es, ¿usted me entiende?" Como que no. Me tenía que buscar alguien que en verdad entendiera la situación y que cuando yo empezara a hablar de los sueños y las señales y el guía espiritual y todo ese montón de cosas, entendiera de lo que le estaba hablando.

La verdad es que con todo lo que me había costado encontrar a la señora de la regresión, pensé que sería mucho más difícil conseguir a alguien que de verdad tuviera habilidades psíquicas y que me pudiera iluminar, pero para mi sorpresa encontré cuatro personas que me ayudaron muchísimo. También encontré piratas, claro está, y en cierto punto dos de las personas que en un comienzo me ayudaron comenzaron a mostrar indicios de charlatanería que no me gustaron así que no regresé, pero el aporte inicial fue genuino y fue positivo. Todas estas personas me confirmaron, aún antes de que yo les dijera absolutamente nada de lo que me pasaba ni por qué estaba allí, que Elías y yo éramos almas gemelas, que como almas gemelas habíamos encarnado juntos en varias vidas, bueno, para resumir, me dijeron básicamente todo lo que yo he venido contando aquí sin que yo les hubiera dicho una palabra de qué era lo que me pasaba y por qué necesitaba de su orientación. También hablamos un poco de mis hijos, de Vicente, de Raquel y de Alba, así como de los que no han nacido (¿todavía?); hablamos de algunas otras cosas pero el tema central siempre fue mi relación con Elías. Fue una experiencia muy positiva para mí, debería ponerme en contacto con estas personas nuevamente (no las que al final dejaron de gustarme), a ver si tienen un poquito de luz sobre esta situación que puedan compartir conmigo.

Me doy cuenta de que cargo una lloradera y una quejadera insoportables, cuando la verdad es que no vivimos en un drama constante, lo que sucede es que cuando me siento mal por las cosas que pasan vengo aquí y me pongo a escribirlo a ver si me ayuda a sentirme un poco mejor, y por eso es que cuando hablo de Elías parezco un híbrido de Marco buscando a su mamá y Candy llorando por Terry, pero la verdad es que mi relación con Elías era, era no, es, es muy hermosa, tiene que serlo o no estaría tan enamorada de él y tan empeñada en querer estar con él el resto de mi vida.

Eli se mantuvo, o debería decir, nos mantuvo en ese vaivén de bajar la guardia y darse permiso para sentir lo que sentía por mí, aceptar lo que yo traía para ofrecerle, quererme y dejarse querer por mí, dejar que pasara lo que tuviera que pasar, y erigir los dichosos muros que ya me tenían frita por más tiempo del que pensé que podría soportar; por eso es que yo digo que Elías tenía miedo, porque avanzaba tres pasos y retrocedía dos, como si por un momento aceptara lo que estaba sintiendo, lo que estaba pasando y de pronto todo eso lo asustara y saliera corriendo en dirección opuesta. Yo pienso que Elías simplemente quería hacer las cosas bien, y no es que eso sea algo malo, pero a veces las cosas no salen como uno las había planificado, a veces hacerlo todo como dice el manual no es posible, ser feliz es más importante que hacerlo todo perfecto, y no sé Elías, pero yo quiero ser feliz.

Bueno, el caso es que Elías nos mantuvo en ese subibaja por un buen tiempo, "pero el viajero que huye tarde o temprano detiene su andar[19]" y por lo tanto -¡y bendito sea Dios por eso!-, eventualmente regresó, esta vez sí del todo y por completo, es más, a veces tengo la sensación de que ya no sé volverá a ir nunca más, que no me va a poner más límites, más restricciones ni condiciones, pero yo sé que estamos muy lejos de que por fin se quede conmigo.

Con Eli, el amor no es ningún poema recargado de rimas rebuscadas, el amor es reírnos, reírnos muchísimo, es ayudarnos, apoyarnos, respetar el espacio y el punto de vista del otro, hacernos compañía, sentir admiración por el otro -aunque a Eli le dé pena que le diga esas cosas-, es la confianza ciega y absoluta que nos tenemos, es saber que cuenta conmigo incondicionalmente, que mi amor por él es eterno y que pase lo que pase nada de eso va a cambiar (sorry Eli, esta parte no va en plural, yo sé que tú me quieres, pero estoy en una etapa en que no estoy tan segura de que tú me ames tanto como dices y en la que sé que a la hora de elegir, vas a decir "ella" y no "tú").

No sé, yo no sé explicar por qué, cómo ni cuánto

Elías y yo nos amamos, nos amamos y listo. A veces me dice que él sabe que nadie en este mundo, en esta vida lo va a amar más ni mejor que yo, y cuando me lo dice me hace flotar; escucharlo decirme que de igual modo nadie me va a amar a mí más ni mejor que él en este mundo, en esta vida, jamás, me instala en una nube, y cuando me dice que yo soy una bendición en su vida, es ya demasiado. Elías es muy bello y muy dulce conmigo, mucho. Bueno, Elías es muy bello y muy dulce per se y muy bello y muy dulce conmigo, son dos cosas diferentes. Yo veo a Elías y pienso "¡Dios, qué hombre tan bello!", y a veces pienso que me quedo como idiota viéndolo con la boca abierta, él es un sol y no me dice nada, pero yo sé que es así. Elías, aún después de tantos años conociéndonos, tantos años juntos, me pone nerviosa cuando está cerca de mí, pero son nervios ricos, nervios de que cuando se me acerca me siento como aquella vez en que pensé que me iba a besar y tumbé aquel vaso de agua, entonces empiezo a ver para todos lados, le doy vueltas al anillo-rosario que llevo en el dedo medio de la mano izquierda, me toco el pelo, me toco la cara, es terrible.

Yo veo a Elías ahí conmigo y me parece un sueño; yo veo a ese hombre de treinta y siete años ahí conmigo y me doy cuenta de que él es ese mismo niño bello del que yo estaba enamorada cuando tenía quince, pero que ahora creció, ahora es grande y no lo puedo creer, no puedo creer que ese niño bello, ese hombre maravilloso, extraordinario, esté ahí conmigo y que me quiera, no puede ser que Dios me ame tanto que haya creado un alma gemela tan hermosa para mí, no puede ser que este ser tan especial, tan único esté ahí conmigo abrazándome, amándome, es una bendición demasiado inmensa y yo no soy quien para merecerme un regalo así; y cada vez que nos vemos, cada vez que nos hablamos es como si me volviera a enamorar de él, todos los días, una y otra vez.

Elías extrae lo mejor de mí siempre, él me hace ser una mejor persona. Sin darle muchas explicaciones a la cosa, es simplemente así, desde cosas tontas como dejar de decir malas palabras, hasta ser más agradecida y no quejarme por tonterías. Eli siempre me dice que soy bella, lo cual es especialmente lindo cuando me siento más fea que la Hidra, además yo sé que él de verdad lo cree porque Elías nunca me cae a cuentos, él siempre me dice la verdad aunque me duela, así que cuando me dice que soy la mujer más bella del mundo o que nunca ha habido un momento en que no le haya parecido bella, yo sé que de verdad lo cree y me derrite totalmente. Eli se indigna y se molesta cuando alguien me hiere o se mete conmigo de alguna forma, me consuela y me levanta el ánimo. Eli me hace sentir única, especial, cree en mí más que yo misma y cada vez que puede se roba unos minutos para recordarme lo que siente por mí.

Elías está pendiente de mí, me está escuchando hasta cuando son temas que no le interesan mucho o yo hablo de cosas sin mucha importancia, luego toma toda esa información y la vuelve un momento mágico, por ejemplo cuando le mencioné un día, hace ya muchos años, que había soñado con un campo enorme de flores muy bonitas y de muchos colores, a los dos minutos recibí un correo electrónico suyo con fotos de distintas flores y una notita al comienzo que decía: "solo quise hacer tu sueño realidad". ¡Pero si eso nada más pasa en las películas! Eso es lo que dicen los príncipes encantadores de los cuentos de hadas a las princesas en la parte que uno no lee, la que viene después de "y vivieron felices para siempre". O cuando me llamó una noche de luna llena, la luna estaba muy bonita, era una de esas veces en que se ve enorme y anaranjada y se ve tan cerca que parece como si se pudiera tocar con la mano, Eli llamó para decirme que saliera de mi casa y mirara el cielo, y entonces me dijo "¿Ves la luna?, bueno, es para ti, bella, te la regalo." O la vez en que grabó con su celular un despliegue de fuegos artificiales al cierre de un juego de beisbol al que había asistido y me lo envió diciéndome que así era como yo lo hacía sentir. La última de este tipo fue haberme traído de un viaje de trabajo café fuerte para moler, porque yo escribí en otra parte que así era como me gustaba tomarlo, y resulta que Elías se aparece con el café, que de paso es exquisito, y leyó lo que yo escribí, lo leyó y le prestó atención y se acordó. Por si fuera poco en ese mismo viaje se acordó de mí al pasar frente a una librería y ver una edición cincuenta aniversario de "Rayuela", la obra que consagró a mi escritor favorito, Julio Cortázar y lo lanzó a la fama (esta es una edición solo para Latinoamérica y España, al menos yo aquí no la he visto); ya era suficientemente bello de su parte haberse acordado y haberle tomado una foto y enviármela, pero aparecerse con la novela en la mano y habérmela forrado y todo (Eli trabaja más que un granjero, no le queda tiempo para nada), eso fue en verdad demasiado, en serio eso fue demasiado especial para mí, y yo sé que todo esto son detallitos tontos -aunque para mí no tienen nada de tontos, para mí son el mundo-, pero es que son justamente esos detalles los que más llenan, esos que uno no se está esperando, que son el resultado de una oportunidad que se presenta espontáneamente y él hace de esos momentos simples un momento espectacular e inolvidable. Ha hecho montones de cosas así, una de las más especiales fue cumplirme una promesa, no voy a entrar mucho en detalles porque es un momento muy privado para nosotros y fue tan sublime, tan hermoso que preferiría conservarlo entre nosotros dos solamente, pero digamos que su promesa incluía una noche fría bajo un cielo lleno de estrellas, en un jardín y con una manta muy suave y gruesa que nos mantuviera arropados y calientes.

De todo lo que mi relación con Elías ha implicado, significado y conllevado, creo que lo más importante es lo que yo considero que ha sido la lección que cada uno vino a aprender aquí con la ayuda del otro. En mi caso, Eli me enseñó a discutir mejor. Es muy irónico, pero cuando Eli y yo discutimos yo entiendo cómo se sentía Javier cuando éramos nosotros los que discutíamos. Eso me hizo crecer muchísimo y volví donde Javier un día a pedirle disculpas de corazón por la forma en que yo reaccionaba durante nuestras peleas. De alguna manera cuando Elías y yo discutíamos, yo me daba cuenta de que me encontraba exactamente en la misma posición que Javier conmigo cuando estábamos casados, la misma actitud, las mismas palabras; y Elías era yo. Por eso yo suelo decirle tanto a Eli "yo entiendo cómo te sientes" y "yo entiendo lo que estás pensando", por supuesto que lo entiendo, clara y perfectamente, porque yo había estado en esa misma posición y con esa misma actitud todos los años que estuve casada con Javier, y desde adentro uno no se da cuenta, tiene que verlo así para poder entender. No vale la pena ponerme a explicar cómo eran las discusiones o de qué se trataban y por lo tanto no lo haré, lo importante es que yo, gracias a Elías, pude entender dónde había actuado mal con Javier y pude hacer acto de constricción y de verdad ofrecerle mis más sentidas, sinceras disculpas a Javier; gracias a Elías pude mejorar ese aspecto de mi personalidad porque ya nunca más volví a discutir de la forma antigua sino en una manera mucho más constructiva y madura. Gracias a Elías yo estaba -estoy- aprendiendo una lección de paciencia y de sacrificio, la situación, el no tenerlo conmigo, el papel que me ha tocado representar, todo eso es al final una lección de paciencia y de sacrificio. Al menos eso me parece a mí. Quizás haya más lecciones que en este momento se me escapan de la mente o algunas de las que yo ni siquiera me haya dado cuenta o que todavía no se han manifestado, pero esas, las que nombré, son sin duda las que yo considero más relevantes, al menos hasta ahora.

En cuanto a las lecciones que Eli vino a aprender con mi ayuda, creo que hay una muy clara: balance. Elías es una persona de extremos, quiero decir, trabaja una cantidad de horas exorbitante, alrededor de sesenta a la semana, hace absolutamente todas las faenas de su casa, desde encargarse del jardín, que es una labor agotadora, hasta lavar los carros, pasando por limpiar la casa de punta a punta, cocinar todas las comidas, lavar, secar, doblar, guardar, sacar la basura, bañar a los nenes, cuidarlos los sábados, hacer las compras del supermercado, absolutamente todo. Me imagino que su esposa hará algo también, en verdad no creo que llegue del trabajo y se postre en su trono como una princesa, pero la carga más pesada la lleva Eli, y quizás eso lo hace un magnífico esposo y un ser humano aún mejor, y sí, yo entendiendo las razones que tiene Elías para ser él quien se encargue de la mayoría de las cosas en su casa y entiendo la filosofía de trabajar duro mientras se es joven y se puede para tener una vida mejor, entiendo cuando me dice "uno no puede darle carga a quien no puede llevarla", pero hay un dicho en inglés que dice "something's gotta give" y yo siempre me he temido que sea su salud la que tarde o temprano le pase factura por este estilo de vida. Yo se lo he dicho muchas veces, no sé si él me escucha, o mejor dicho, no sé si toma mucho en cuenta lo que le estoy diciendo, creo que no porque desde de la última vez que se lo comenté lo que hizo fue agregarle más horas de trabajo todavía a su semana. Es su decisión, yo solo puedo decirle lo que pienso pero esa no es mi casa, ese no es mi matrimonio, esa no es mi dinámica, esa no es mi vida. Y de esa misma manera también le he dicho en varias ocasiones que me da miedo que un día termine con problemas serios en el hígado o volviéndose alcohólico, porque Eli también lleva a los extremos su ingesta de alcohol los fines de semana o los días festivos. Es difícil, porque yo no quiero andar en el rol de mamá con él o de policía, Elías es un hombre y sabe lo que hace, y con todo lo que trabaja, ¿también voy a decirle que no puede divertirse un sábado por la noche? Bueno, de paso que Eli es una persona muy libre, decirle que no puede hacer algo habría sido el peor error que yo habría podido cometer y además no estaba en mí darle órdenes, yo respeto mucho, mucho su libertad, pero no puedo evitar preocuparme por él cuando lo veo en esta dinámica casi autodestructiva, y yo la entiendo, yo entiendo muy bien porque yo misma soy una persona de extremos y he llegado a rayar en la autodestrucción, quizás me toca confiar en que, así como yo he sido capaz de reconocer dónde están los límites y parar cuando debía parar, Elías también tiene esa misma capacidad y sabrá tomarse un descanso cuando su cuerpo le diga que ya no puede más y moderar el alcohol antes de acercarse a la cirrosis. Yo creo que esa lección de balance es algo para lo que yo he venido a ayudar a Eli en esta vida, quizás una vez aprendida esa lección nuestra relación pueda avanzar... Quiero pensar que yo estoy acá para ayudar a Elías en todo lo que pueda, para intentar hacer su vida un poquito más fácil, para que tenga un lugar cálido y blando dónde aterrizar y dónde resguardarse cuando la vida empieza a lanzar golpes primero y preguntar después y todo eso no puede hacerse más que desde el amor.

Yo hubiera querido explicarle a Eli que las lecciones, que la reencarnación, que las almas gemelas, que las vidas pasadas donde habíamos estado juntos, felices, plenos, que John y que las señales, pero luego de darme tanto contra la misma pared, la de Elías diciéndome que nunca se iba a divorciar, ¿cómo no perder la fe en todo, en él, en nuestra relación, en mí, en John, en todo? Todo esto tenía varios niveles, me refiero a la pérdida de mi fe en todo, en los mensajes, la falta de confianza en mí misma; un montón de capas. ¿Cómo se hacía para creer algo con fe ciega cuando la realidad se empeñaba en demostrarme lo contrario? Y la voz de Jesús en off: "Pedro, hombre de poca fe". Pero ¿cómo hacer, qué opción quedaba luego de haber esperado tanto, de haber dado tanto y todavía seguir en el mismo lugar? Había que agarrar todo eso, las señales, los sueños, el guía espiritual, las vidas pasadas, todo, absolutamente todo y había que pasarlo por ese tamiz de la mente, había que pasar revista mental y confirmar que la señal era señal, el mensaje era mensaje, la premonición era premonición y que no se trataba de alguna cosa que hubiera visto o leído o escuchado, alguna trampa de mi mente. La mente evaluándose a sí misma, y la objetividad, por un caño, he de suponer. Pero no había otra opción, todo este proceso solo podía llevarlo a cabo yo conmigo misma, por razones obvias, y para qué, no sé, porque al final, corroborada la señal, el sueño o lo que fuera, o no, igualito la realidad permanecía inmutable, sin embargo -y esto sí que era una certeza que no se convertía en ninguna otra cosa y seguía siendo certeza bajo la luz que le pusieran-, yo tenía claro que creer y confiar con fe de verdad en las señales y los mensajes sin pasarlos por ningún tamiz, revisión ni evaluación mental ni de ningún otro tipo, sino simplemente creer, era el paso que me tocaba dar, el siguiente nivel que mi alma necesitaba alcanzar, pero cómo tener fe ciega si el mundo -entendiendo que "mundo" se refiere específicamente a Elías y a Javier en los años de matrimonio que tuvimos-, se había dedicado demostrarte una y otra vez lo equivocada que estaba, yo siempre sola de este lado de la orilla con mis ideas, mis señales, mis certezas y mis mensajes, y ellos de aquel lado, perplejos y sin saber muy bien qué hacer conmigo, dónde poner lo que les entregaba, como quien se topa de repente con un sonámbulo y no está muy seguro de qué hacer con el pobre tipo. ¿Cómo explicarle todo esto a

Elías si no me iba a entender? Es más, para qué explicárselo si la experiencia me decía que lo iba a hacer sentir presionado y lo iba a hacer retroceder a toda velocidad. ¿Para qué? Aquí estaba yo haciendo de Copérnico y de Galileo, tratando de convencer en vano a Elías de la verdad más grande del mundo. Aunque, claro, también podía ser mi imaginación. Y además, si se lo decía, ¿no estaría acaso predisponiéndolo? Pero no, yo no estaba loca, yo sabía bien que todo eso no eran más que subterfugios de mi mente tratando de sabotearme, como siempre, yo sabía que mis certezas eran certezas, que las señales no eran casualidades, que los mensajes eran reales y que por miedo mi mente trataba de protegerme haciendo que le restara importancia y que dudara. Bueno, mi mente y la realidad. Ya la duda no era tanto que el mensaje fuera real o no, sino que se fuera a cumplir. Yo sabía que tenía que cambiar ese modo de pensar, dejar de andar sufriendo por lo que no era y comenzar a vivir lo que sí estaba pasando, pero ¿cómo no sufrir por no tener a Elías conmigo, cómo creer en las señales y en nada si la realidad me decía otra cosa, cómo no volverme loca si Elías estaba tan bien con el status quo y yo en cambio sabía que esta situación no la iba a poder soportar más?

Esperando a Elías en el estacionamiento del parque donde antes solíamos ir de picnic y pasar un rato solos, me puse a pensar en el carácter posesivo, egoísta del amor, esa necesidad de recibir, ese deseo de ser correspondido que siempre me han parecido tan normales y que nunca he entendido por qué la gente se empeña en mostrar como algo malo, como si el que ama esperando ser amado en retorno es porque no ama suficiente o no ama de verdad. ¡Qué estupidez! El amor no tiene que ser altruista para que sea verdadero, el desprendimiento no le da más valor, la reciprocidad es lo que lo hace crecer, me parece a mí; yo me alimento del amor que Elías me da y él se alimenta del mío, y si ese proceso no existiera no entiendo cómo nuestro amor podría crecer ni mantenerse.

Estar ahí esperando a Elías era un poco masoquista de mi parte, saber que iba a verme quince minutos cuando mucho para darme un abrazo antes de irse una vez más y como todos los años de vacaciones a Europa con su esposa y con los niños me hacía sentir que yo no tenía el más mínimo respeto por mí misma y no tenía una pizca de amor propio, tal vez era exactamente así, aunque yo me había dado cuenta hacía muchos años que el orgullo es uno de los valores más inútiles que se pueden tener y carecer de él cuando se trataba de Elías no me preocupaba para nada. Una de las personas que fui a ver cuando busqué ayuda por toda esta situación con Elías, una de las que me gustó hasta el final, me dijo en una ocasión que se necesitaba un amor muy grande y muy especial por otra alma para hacer el sacrificio de ponerse a uno mismo en una situación de tristeza y dolor para ayudar a esa otra alma a que pudiera aprender lo que había venido a aprender. Hermoso, loable en verdad, pero yo prefería mil veces ser un alma con menos sentido del heroísmo y la inmolación y vivir tranquila y feliz, casada con Elías, con nuestros hijos, todos nuestros hijos, y más nada. Pensaba en qué le diría a Elías; todas nuestras peleas, absolutamente todas estaban relacionadas con que fuéramos amantes y no esposos, todas. Me imagino que por contraste (con ella), me vería como tremenda neurótica histérica, siempre armando estos dramas, siempre inconforme. Él sabía que yo estaba harta de la situación, yo sabía que él estaba harto de la presión, pero cómo hacíamos. Yo no necesitaba que fuera mañana, yo no le estaba pidiendo que se divorciara hoy y nos casáramos mañana, ni siquiera le pedía una fecha exacta, no le estaba pidiendo que me dijera "un año", "cinco años", "ocho años", no, yo lo que necesitaba era que me regalara una esperanza, aunque fuera chiquitica, una esperanza Hanukkah, que con ese pedacito de esperanza yo iba a hacer milagros y aquello me iba a durar una barbaridad. Y yo quería decir "después de todo lo que hemos vivido juntos", pero me imaginaba que si comparábamos un affaire con un matrimonio, mis palabras sonarían absurdas. No sé, yo nunca, nunca habría querido estar en esta situación, ser la bruja mala del cuento, porque además las brujas malas siempre se mueren o se las come alguna criatura abominable, definitivamente nunca viven felices para siempre, y yo no era un monstruo, aunque me hubiera tocado estar en la posición de uno, yo no era una persona con malos sentimientos, yo intentaba siempre no hacerle daño a nadie, al punto de que se me pasaba la mano y terminaba poniendo a todo el mundo por encima de mí. Yo no le quería hacer daño a nadie, pero la que estaba resultando herida al final era yo. Y sí, claro que yo me ponía en los zapatos de ella y no, no me habría gustado que me hicieran lo que nosotros le estábamos haciendo, pero ¿quién se ponía en los míos? ¿Acaso alguien se ponía en mis zapatos por un momento? ¿Quién se detenía un momento a considerar lo que yo estaba sintiendo? ¿Quién hacía lo que fuera por evitar que yo me sintiera mal, triste, herida, infeliz, lo que fuera? ¿Quién me protegía a mí? Nadie. Bueno, Elías decía que él se ponía en mis zapatos, pero sería en el sentido de que trataba de entender mi punto de vista y cómo me sentía, porque lo demás... Al menos yo no sentía que él tratara de protegerme y de cuidarme, yo era siempre el weakest link por donde siempre se rompía la cuerda, yo no sentía que Elías fuera a hacer algo extraordinario para que yo estuviera tranquila y feliz, sobre a la hora de elegir y tomar decisiones. Pero decir todo esto es como echarle la culpa de todo a Elías y eso tampoco es justo, la situación era la situación y él jamás habría hecho nada para lastimarme adrede, ni era cierto que no le importaba cómo me sintiera, yo sabía que le importaba a Elías, y bastante, pero necesitaba que me lo demostrara más y mejor.

Yo no sé por qué pasa esto pero a veces pareciera que una canción explica mil veces mejor lo que uno está pensando y sintiendo que cualquier cosa que uno pueda decir, me imagino que es porque hay personas que saben decir mejor que uno -y con muchas menos palabras- aquello que tanto nos cuesta expresar. Esperando a Eli pensaba en esto, pensaba en el bello de George, siempre mi Georgie, "my sweet 'George', mmm, my 'George'"[20] y yo no sé si él quería decir lo mismo que yo estaba interpretando cuando dice "keep me free from birth, give me hope, help me cope with this heavy load"[21], pero definitivamente lo podía aplicar a mi situación como si George lo hubiera escrito para mí. Sí, yo tampoco quería regresar a este mundo; yo también necesitaba esperanza y ayuda de Dios para poder llevar esta carga. Aquí me reía porque me parecía tan desagradecido de mi parte y tan idiota hablar de cargas pesadas cuando tanta gente tiene cargas pesadas de verdad. Yo había sido infinitamente bendecida, una y otra vez, y aquí andaba echándome a morir y diciendo que no valía la pena vivir en este mundo porque a mi alma gemela se le había ocurrido pasar el resto de su vida con otra persona, lejos de mí. Pensar en todo eso no hacía que me doliera menos o que me sintiera mejor, ni que me pareciera menos deprimente pasar los próximos cuarenta, cincuenta años de mi vida sola, triste y amargada, pero por lo menos me daba perspectiva. Como ya me estaba riendo y como yo soy venezolana y los venezolanos sacamos un chiste de todo, especialmente de nuestras vicisitudes, y ya que andaba en esta onda musical, no pude evitar pensar que quizás cuando Eli llegara debería cantarle "If you change your mind, I'm the first in line, honey, I'm still free, take a chance on me!"[22] Me hubiera reído un rato más de no ser porque la inminencia de que Elías llegara y estuviéramos a punto de decidir que mejor era no vernos nunca más y este fuera el último abrazo que iba a darle en esta vida me tenía el corazón hecho pedacitos. Me sentía como esa canción de Fred Astaire, "They can't take that away from me"[23], así, exactamente así...

Por fin llegó Elías, hablamos, lloré, me pidió que no lo hiciera pero era inútil, no lo podía evitar. Yo sabía que lo estaba haciendo sentir mal porque se sentía culpable, pero no iba a fingir, no iba a caerle a mentiras y engañarlo montándole un teatro para que creyera que todo estaba perfecto cuando no lo estaba, Elías y yo teníamos un pacto de verdad absoluta, yo no le iba a hacer creer algo que no era cierto. Eli no entendía por qué yo le preguntaba lo mismo una y otra vez, si sabía que lo que yo le estaba pidiendo era algo que él no me podía dar, al menos no por los momentos; bueno, no era masoquismo mío, era quizás algo peor, locura, yo pensaba que si se lo preguntaba mil veces tal vez una de esas mil veces por fin me diría que sí. Elías me abrazaba para que dejara de llorar, pero la verdad es que cuando me abrazaba me daban más ganas de llorar y lloraba más intensamente; yo nunca había llorado así delante de él y lo peor es que ni siquiera estaba llorando tanto como cuando me quedaba sola, pero por fortuna no llegamos a ese punto.

Yo sentía que habíamos llegado a un punto en el que me tocaba, como dicen aquí, "elegir mi veneno", es decir que todas las opciones eran malas, lo único que quedaba era optar por alguna. Si me quedaba seguiría en este status quo que ya no podía soportar más y sin ningún tipo esperanza, porque el último planteamiento que Elías me había hecho era ningún planteamiento, es decir, nada cambiaba, todo seguía igual. La otra opción era alejarme, salir de su vida definitivamente y para siempre, y tenía que ser así de radical porque era mentira que algún día seríamos amigos, era mentira que yo algún día dejaría de amarlo y de querer con él todo lo que deseaba, era mentira. Yo no sé si Elías un día me dejaría de querer o no, yo pensaba que sí pero sentía que no y Eli decía que no, pero mientras tanto con quien había tenido bebés había sido con ella y con quien tenía una vida y hacía planes era con ella, así que me perdonarán el escepticismo, pero yo creo que estaba justificado. Por otra parte vivir alejados ya lo habíamos intentado y yo había sido profundamente miserable y no creo que para Elías haya sido ninguna fiesta, o no habría regresado.

Me parece que Elías se dio cuenta de que ese era mi límite, no sé, no sé qué fue lo que pensó porque no se lo pregunté, pero me dijo que yo estaba equivocada si pensaba que él no quería complacerme, si creía que él no quisiera poder decirme que sí a todo lo que yo le pidiera, decirme "sí mi amor, sí mi vida, sí mi cielo, sí mi reina" y dármelo, darme todo lo que le estaba pidiendo y más. Bueno, no, yo no sabía eso, eso nunca me lo había dicho. Y por supuesto que yo sentía que era menos que su esposa, que ella y que todo el mundo en la vida de Eli, por supuesto que pensaba que si no quería casarse conmigo y no quería tener hijos conmigo era porque para él yo no era suficiente sabrá Dios qué, pero no daba la talla, y punto. Le costó convencerme de que eso no era así en absoluto, porque por muchos argumentos válidos y hermosos que tuviera, la realidad sigue siendo la que es, pero también es verdad que Eli no estaría aquí calándose todo esto si no fuera cierto que siente lo que me dice que siente, no sé otra persona, pero definitivamente no Eli.

Creo que no importa lo que Elías me hubiera dicho esa noche, yo igual me habría quedado a su lado hasta las últimas consecuencias y si eso era una estupidez de mi parte, pues ya se sabe que la estupidez es un mal difícil de erradicar. Para mí no era una estupidez, no lo había sido en el pasado, no lo era hoy y no lo sería nunca. La esperanza diminuta que necesitaba de él, me la dio y aunque chiquita, quizás no era tan pequeña como parecía, pero el tamaño era lo de menos, yo estaba acostumbrada a hacer magia alrededor de Elías, una esperanza era todo lo que yo necesitaba en esos momentos y una esperanza fue lo que Eli me dio cuando me pidió que lo esperara. No era una promesa pero estaba bien, yo sabía que Elías no estaba preparado en esos momentos para hacerme una promesa y por eso lo que yo le pedía era una esperanza, y la verdad es que pedirme que lo esperara era mucho más de lo que yo tenía como expectativa. Esperarlo, yo podía perfectamente esperarlo, seguir esperándolo, sería tal vez más preciso, la diferencia es que antes la espera era como un coma en el que uno se niega a desconectar la máquina porque no se atreve a desconectarla, no puede desconectarla y no quiere desconectarla; la espera ahora tiene una puerta al final del camino, como aquel sueño donde llegaba al frente de mi casa y no encontraba la llave para entrar, y entonces aparecía Eli con la llave en la mano y nos abría la puerta. Con esto Elías me daba permiso para soñar, no me daba garantía de que mis sueños se fueran a volver realidad, pero ahora podía soñar que quizás sí, ahora quizás sí iríamos a comer helado con los niños una tarde de primavera, ahora quizás sí me enseñaría a hacer un nudo de corbata (de los dos, del difícil y del fácil), ahora quizás sí pasearíamos de la mano en lugares públicos porque ahora sí podríamos ser vistos juntos en lugares públicos y sí podríamos ser vistos tomados de la mano; ahora quizás sí iríamos juntos a la piscina una mañana de agosto, ahora quizás sí bailaríamos juntos, ahora quizás sí, algún día, sería parte de su familia.

Yo puedo esperar a Elías, claro que lo puedo esperar, si ya he esperado tanto, no me cuesta nada seguir esperándolo, después de todo "veinte años no es nada"[24], o al menos así dicen por ahí, así que a lo mejor algún día habrá otro libro por ahí que sea la continuación de este, porque si esta historia tiene el final feliz que yo tanto anhelo, pueden estar seguros de que se la voy a contar al mundo entero, pero eso sí, no me busquen bajo Maite Urresti porque no la van a encontrar, búsquenla como Maite Aristeguieta.

Tabla de referencias

[1] Rocket Man, Elton John & Bernie Taupin, 1972

[2] Mutant, Mr. Magorium's Wonder Emporium, 2007

[3] Your Song, Elton John & Bernie Taupin, 1970

[4] Something, George Harrison, 1969

[5] Light My Fire, The Doors, 1967

[6] Volver, Carlos Gardel y Alfredo Le Pera, 1934

[7] Something, George Harrison, 1969

[8] The Air that I Breathe, Albert Hammond & Mike Hazlewood, 1973

[9] My Love, Paul McCartney & Linda McCartney, 1972

[10] Don't Give Up On Us, Tony Macaulay, 1976

[11] Stay (I missed you), Lisa Loeb, 1994

[12] Believe, Elton John & Bernie Taupin, 1994

[13] This guy's in love with you, Burt Bacharach & Hal David, 1968

[14] Faithfully, Jonathan Cain, 1983

[15] Dream On, Steven Tyler, 1973

[16] Take a Chance on Me, Benny Andersson & Björn Ulvaeus, 1978

[17] Here Comes The Sun, George Harrison, 1969

[18] Volver, Carlos Gardel y Alfredo Le Pera, 1934

[19] Volver, Carlos Gardel y Alfredo Le Pera, 1934

[20] My Sweet Lord, George Harrison, 1970

[21] Give Me Love (Give Me Peace On Earth), George Harrison, 1973

[22] Take a Chance on Me, Benny Andersson & Björn Ulvaeus, 1978

[23] They Can't Take That Away From Me, George Gershwin & Ira Gershwin, 1937

[24] Volver, Carlos Gardel y Alfredo Le Pera, 1934